딸콩이

강성률 단편소설집

딸콩이

ⓒ 강성률, 2017

1판 1쇄 인쇄__2017년 9월 20일
1판 1쇄 발행__2017년 9월 30일

지은이__강성률
펴낸이__양정섭
펴낸곳__작가와비평
　　　　등록__제2010-000013호
　　　　블로그__http://wekorea.tistory.com
　　　　이메일__mykorea01@naver.com

공급처__(주)글로벌콘텐츠출판그룹
　　　　대표__홍정표
　　　　편집디자인__김미미　**기획·마케팅**__노경민 이종훈
　　　　주소__서울특별시 강동구 천중로 196 정일빌딩 401호
　　　　전화__02-488-3280　**팩스**__02-488-3281
　　　　홈페이지__www.gcbook.co.kr

값 12,000원
ISBN 979-11-5592-210-1 03810

딸콩이

강성률 단편소설집

작가와비평

"작은 것이 아름답다."

그동안 발표했거나 준비해온 단편소설을 묶어 한 권의 책으로 내면서 떠오른 문구이다. 원래 이 말은 1973년 독일 태생의 영국 경제학자 슈마허가 출간한 경제비평서의 제목이다. 제2차 세계대전 이후 상품을 대량으로 생산하고 또 그것을 대량으로 소비하는 과정에서 지구의 환경은 무참히 파괴되고 생산 활동에 동원된 노동자의 권리는 짓밟혔으며, 동·식물은 신음소리를 내며 생명을 잃어 갔다. 제어되지 않은 인간의 욕망을 자연은 더 이상 수용할 수 없게 되었던 바, 이에 대한 비판적 성찰이 일어나고 그리하여 서로가 공존할 수 있는 방향이 모색되었던 것이다.

오늘날 인류가 처한 자연 파괴와 환경오염, 자원 고갈 등을 극복하고 인간 이외의 존재들과 공존공생하며 아름답게, 풍요롭게 살아갈 방법은 없는 걸까? 과연 이 땅에서의 폭압과 억압, 탐욕과 착취 등을 추방하고 다른 존재들과 평화롭게, 사랑하며 살아갈 방도는 없는 걸까?

사실 그동안 인간은 너무나 자기 본위로 생각하고, 말하고, 살아왔는지도 모른다. 이제는 무엇보다 인간 존재의 철저한 반성이 필요하다고 본다. 이 땅을 치유하기 위해서는 우리 스스로가 겸손해져야 한다고 생각한다. 인간 역시 자연의 일부로서 자연과 더불어 살아가는 존재 가운데 하나라고 하는 인식이 선행되어야 한다. 이 땅, 지구가 인간을 위해 존재하는 것이 아니라는 사실, 인간은 수천, 수만 종류의 생명체 가운데 하나에 불과하다는 사실을 알아야 한다. 작은 풀잎 하나, 땅 위를 기어가는 벌레 한 마리, 왜소한 몸집의 반려동물 하나가 인간존재와 비교하여 결코 덜 중요하지 않다는 사실을 깨달아야 한다.

또한 우리들 세계 안에서도 작은 것보다 큰 것, 느린 것보다 빠른 것, 우직한 것보다 영리한 것, 약한 것보다 강한 것에 주목해 왔던 것은 아닌지 성찰해 보아야 한다. 이제는 생각을 바꿔야 한다. 시각의 변화, 가치관의 대전환이 필요할 때다. 작고 느리고 소박하고 약한 것에 시선을 돌리고, 감사하는 마음으로 사랑할 줄 알아야 한다. 왜냐하면, 바로 그러한 것들이 우리 삶을 지탱하는 진정한 바탕이기 때문이다.

이 책의 중심에 해당하는 단편소설 '딸콩이'는 필자의 가족이 12년 동안 희로애락을 함께 했던 반려견 요크셔테리아의 이름에서 제목을 따왔다. 개를 무척이나 싫어하고 무서워했던 필자는 우여곡절 끝에 딸콩이를 만나게 되었고, 그녀와 함께 하는 세월 동안 많은 것을 배우고 깨달았다. 사람이 개로부터 배우다니? 이렇게 반문할 독자가 있을지 모르지만, 놀랍게도 그건 사실이었다! 어떤 훌륭한 교사나 스승이 줄 수 없는 가르침을 딸콩이가 주었던 것이다.

이 책 안의 다른 작품들에도 '딸콩이'와 일맥상통하는 주제가 있다. 굳이 표현하자면, 작고 소박하고 소외되고 그늘진 곳에 대한 '따뜻한 시선'이라고나 할까. 그것은 거창한 목표를 세우고 그것을 향해 앞만 보고 달려온 필자 자신의 삶에 대한 성찰, 반성일지도 모른다. 이제는 주변의 작은 것들을 돌아보고 그 하나하나에 의미를 부여하며, 아끼고 사랑하며 살아가고 싶다는 여망의 표현일지도 모른다.

이 한 묶음의 책 속에는 그동안 미주한국 기독교 문학 신인상('딸콩이'), 국제문예 문학 신인상, 사르트르 문학 우수상('피의 축제') 등을 수상한 작품을 각색하거나 조금 수정한 경우가 있음을 미리 밝혀둔다. 필자의 장편소설 〈땅콩집 이야기〉(2014년)와 〈땅콩집 이야기 7080〉(2015년)을 출판해 주신 양정섭 사장님께서 이번에도 큰 결단으로 이 책을 내주셨다. 다시 한 번 감사드리고 아울러 '작가와비평'의 모든 분들께도 심심한 감사의 말씀을 올려드린다.

2017년 가을
작은 서재에서

차 례

9

▮ 이야기의 무대 및 등장인물

동생: 영광 백수 백암리(무대), 기창(형), 최씨(어머니), 기식
　　(동생), 박씨(아버지), 석형(앞집 친구).

피의 축제: 고흥군 포두면 해창만의 바닷가에 면한 작은 마
　　을(무대), 오씨(어머니), 종길(아제), 영호(주인공), 신
　　씨(아버지).

딸콩이: 담양 무정리 한촌(고향), 상민(주인공), 수희(아내),
　　혜은(딸), 인호(아들), 유씨(아버지), 박씨(어머니), 김
　　차장(광주은행 봉선동 지점).

허씨 할머니: 광주 용전 저수지 부근(무대), 준호, 진희, 어머
　　니 송씨, 아버지 김씨, 세진.

이화영아원: 나주 이화영아원(무대), 영민(주인공).

무작정 가출: 함평군 손불면 안악해변(무대), 민진수, 아내
　　선주, 어머니 한씨, 아버지 민씨, 사생아 민윤정, 정 원
　　장, 동생 진국.

10

동생

《1》

　“어메, 우리 운동회 허는 날, 올란가?”

　“내가 어쭈고 가야?”

　“아따, 점빵 조까 보지 말소!”

　“점빵 안 보면, 니가 벌어서 식구덜 맥애 살릴
래?”

기창의 입장에서 운동회는 이래저래 반갑지가 않았다. 최씨의 퉁명스런 대답도 그렇거니와 평소에도 체육시간을 무척 싫어했던 그였다. 본디 운동에 소질이 없었던 데다, 남 앞에 나서기를 싫어하는 내성적인 성격 탓도 컸다. 통통한 몸에 배와 엉덩이 부분이 꼭 끼는 체육복을 입는 것도 고역이었던 바, 하얀색 포플린 바지는 길이가 짧아 발목이 훤히 드러나 보이는 데다 조악한 천 탓인지 까칠까칠한 감촉이 불편하기 짝이 없었다. 그나마 자칫 가랑이의 실밥이라도 터지는 날이면, 그야말로 낭패 보기 십상일 터.

더욱이 이 날은 아이들보다는 차라리 어른들의 잔칫날에 가까웠다. 운동장 하늘에는 만국기가 휘날리고, 트랙을 뺑 둘러선 학부모들 사이에서 엿장수가 신명나게 가위질 소리를 내는가 하면, 고무풍선을 리어카 모서리에 잔뜩 달아 놓은 아저씨가 흥을 돋우는 날이다. 뛰고, 달리고, 넘어지고, 울부짖는 속에서 왁자지껄한 웃음소리와 함성이 뒤범벅이 되고, 어느새 그것들이 잦아지는 해 질 녘에는 막걸리에 취한 백암리의 아버지들이 비틀거리며 멱살을 잡고 싸우는 날이기도 하다.

"아따, 밤나 나는 청군에만 들어간단 게."

"청군이 어째서야?"

"해년마다 지기만 헌 디?"

"벨 텀턱스런 소리 다 헌 갑이다. 그것이사 해 봐야 알 거 아니냐?"

"해보나 마나, 백군이 이참에도 이길 거여."

내리 3년째 청색 띠만 이마에 둘렀고, 끝날 때마다 만세를 불러주다 보니 신경질이 났다.

"너는 뭇에 들어가기나 했냐?"

"나? 100미터 달리기도 허고, 기마전도 허고, 오자미도 땡기고…."

이밖에 기계체조와 릴레이 등이 더 있긴 했다. 그러나 기창의 경우, 고소(高所)공포증 때문에 기계체조는 꿈도 못 꾸었고, 동작이 굼뜬 데다 재치가 없어 릴레이 선수 명단에도 들지 못했다.

사실 또 참가하는 경기에서도 주도적인 역할을 해본 적은 없었다. 기마전에서는 말 뒤에서 어깨를 감싸 쥐고 따라다니는 조연이었을 뿐, 기수나 말 노릇은 한 번도 해보지 못했다. 몸무게가 가볍지 않은 데다 당차질 못해 기수 노릇도 못했고, 키가 크지 않은 데다 힘이 없어 말 노릇도 못했다.

그에 비하면 오자미 던지기의 경우, 사정이 그런대로 괜찮은 편이었다. 간짓대 끝에 달린 바구니를 향해 쉼 없이 던지고 있노라면, 언젠가 '보물창고'가 열리고 안으로부터 형형색색의 색종이와 꽃가루가 푸른 하늘에 쏟아내곤 했었다. 먼저 터뜨리는 쪽이 이기게 되어 있는 경기인지라, 기창 역시 아이들 틈에 끼여 열심히 던지긴 했다. 불특정 다수의 '익명성'이 보장된다는 사실이 마음을 편하게 했는지도 모른다. 그러나 목표물에 정확하게 맞추어 본 적은 한 번도 없었다. 네 명이 한 조를 이루는 100미터 달리기 역시 마찬가지. 잘해야 3등, 대개는 꼴찌였다.

신명나는 일이 있을 리 없는 운동회 날에 두 살 터울의 동생 기식의 해프닝은 그야말로 신선한 충격이었다. 그러니까 기창이 4학년 되던 해, 본부석 맞은편 출발선에 기식의 서 있는 모습이 눈에 들어왔다. 운동장 반 바퀴를 돌아 골인하게 되어 있는 달리기 경주. 마침 본부석에는 기성회장인 아버지 박씨가 교장선생님과 나란히 앉아 있었다.

그런데 유독 기식의 조만 자꾸 출발이 지연되어 의아하게 여기던 중, 들려오는 소식이 바로 기식 때문이란다. 신호가 울리기도 전에 자꾸 뛰어나가는 녀석으로 말미암아 관리팀에서 애를 먹고 있다는 것. 여러 차례 제지를 받던 녀석은 그러나 정작 출발 신호가 떨어졌을 때에는 우두커니 서 있기만 했다.

"달려라, 달려!"

"기식아! 뛰어야. 아이고, 저런…."

고함과 탄식소리에 정신이 든 듯, 그제야 녀석은 뒤뚱거리기 시작했다. 그러나 순식간에 아이들로부터 멀어지고 말았다. 그때 눈을 의심할만한 사건이 벌어졌으니. 한순간 멈칫거리던 녀석이 갑자기 트랙의 한복판을 가로질러 골인지점을 향해 달려가는 것이 아닌가? 누가 제지하고 말고 할 겨를도 없이, 순식간에 일어난 일이었다.

'실질적인 1등'을 제치고 용감무쌍하게 테이프를 끊은 녀석은 선생님 앞으로 가 조르기 시작했다. 한동안 망설이던 심판은 결국 그에게 공책을 건네주었고, 원하는 상품을 손에 넣게 된 녀석은 의기양양해 했다. 예측불허의 희한한 광경에 박씨는 고개를 뒤로 젖히며 자지러지게 웃었고, 관중들 역시 박장대소했다.

"어이, 저 놈이 누구 아들이란가?"

"누구긴 누구여? 기성회장 두째 아닌가?"

"그래? 허허허… 고놈 참 물건이시."

"대치나. 상이 욕심은 나고 지 탐박질 실력 갖고는 못해 보겄고 헌 게, 거무질러 가고 싶었겄제에."

"쩨깐헌 것이 배짱 한번 좋네야."

"원래는 꼴등 아닌가?"

"꼴등이 아니라 등외제. 기성회장 체면을 봐서 그랬겠제마는, 일은 무방허게 되았네야. 허허허…."

결국 동생은 달리기 대회에서 처음이자 마지막으로 상을 받아보았다.

《2》

녀석은 간혹 엉뚱한 짓으로 기창을 놀라게 하곤 했다. 사방이 고요한 어느 날 오후. 기창은 큰방 한가운데에 펴놓은 밥상을 책상삼아 한창 공부에 열중하고 있었다. 그때 어디선가 '툭탁 툭탁' 하는 둔탁한 소리가 들려왔다. 처음에는 대수롭지 않게 여겼다. 그러다가 벌떡 일어선 것은 '꼬꼬댁 꾹' 하는 어미닭의 다급한 울부짖음과 '삐약 삐약' 하는 병아리들의 비명소리가 거의 동시에 적막을 깨뜨렸기 때문이다.

소리 나는 곳을 좇아 부엌으로 통하는 문을 벌컥 여는 순간, 어두침침한 바닥에 쪼그리고 앉아 있는 녀석의 모습이 눈에 들어왔다. 부엌에서 마당으로 통하는 출입문을 꼭 잠가 놓은 채, 녀석은 빨래방망이로 이제 갓 깬 병아리들을 한 마리씩 때려잡고 있었던 것이다. 벌써 십 수 마리가 머리가 깨지고 다리가 부러진 채, 널브러져 있었다. 어미닭은 참혹한 살육의 현장 앞에서, 이리 뛰고 저리 울부짖으며 발버둥 쳤다. 하지만 녀석은 금방이라도 덤벼들어 쪼아댈 것만 같은 어미닭의 시위에도 아랑곳하지 않은 채, 무시무시한 학살 행위를 이어가고 있었다.

"야!…"

너무나 어이가 없고 당황하여 엉겁결에 고함을 질렀다. 하지만 녀석은 이쪽을 힐끗 한번 돌아보았을 뿐, 하던 일을 멈추지 않았다. 그의 무표정한 얼굴에서 섬뜩한 살기가 느껴졌다. 그럼에도 용기를 내어 다시 한 번 소리를 지른 까닭은 최씨의 얼굴이 떠올랐기 때문이다.

"야, 기식아!"

"……."

"너, 시방 뭇허고 있냐? 오메이, 저런 호랑말코 같은 새끼 땜에 우리 삥아리 다 죽어 뻔졌네 이. 어메, 어메!"

자신만의 힘으로는 안 되겠다 싶어 황급히 최씨를 불렀다. 그녀가 얼마나 병아리들을 애지중지하는지 잘 알고 있던 기창으로서는 뒷소리를 듣지 않기 위해서라도 호들갑을 떨어야 했다. 가게에서 버선발로 달려온 최씨는 어처구니없는 사태 앞에서 거의 까무러치고 말았다.

"오메이, 이 오살헐 놈오 새끼가 시방 뭇허고 자빠졌디야? 이 놈이 해까닥 미쳐버렸디야 어쨌디야? 야이 썩을 놈아! 어째서 삥아리를 다 죽이냐? 응? 아이고… 에라이, 호레이나 물어갈 놈. 먹은 밥 다 내놓고 디져라 디져. 내가 너 땜시, 시상도 못 살겄다. 어째 이 웬수 같은 놈이 내 속에서 기어 나와 갖고, 내 속을 요로코 뒤집으끄나?"

"……"

"아나, 이놈아. 너 죽고 나 죽자. 이 늑대 같은 놈아, 이 염병헐 놈이 지랄육실*허고 있네 이."

　그녀는 주먹으로 녀석의 등을 내리치며, 본인이
알고 있는 욕설을 총동원했다. 그제야 시무룩해진
녀석은 말없이 밖으로 나갔다.

　녀석과 최씨의 관계는 마치 천적(天敵)처럼 보였
다. 최씨가 가장 싫어하는 일들을 골라서 했는데,
가게에서 손에 잡히는 대로 물건을 집어 남에게 공
짜로 나눠주는 일 또한 그 중의 하나였다. 과자가
됐건 딱지가 됐건, 아이들이 선호하는 품목이라면
종류를 가리지 않았다. 심지어 어른들의 기호식품
인 담배라든가 고무신, 심지어 돈까지 챙겨 전달하
는 경우도 있었다. 그때의 모습이란 마치 몇 달씩

---

* 지랄: 원래 병의 이름. 보통은 간질(癎疾)이라 부르는데, 발작을 하게
되면 의식을 잃으면서 온몸에 경련을 일으킨다. 여기에서 '함부로 법석
을 떨거나 분별없이 행동함'이라는 뜻의 욕설로 변해갔다. 또 '육시(戮
屍)랄 놈'에서 육(戮)은 갈기갈기 찢는다는 뜻이고, 시(屍)는 죽은 사람
의 시신을 가리킨다. 그러므로 육시(戮屍)란 이미 죽은 사람의 시신을
꺼내어 찢어 죽이는 형벌을 말한다. 일설에는 사람을 여섯 토막으로
찢어 죽인 후 소금을 뿌리는 형벌이라고도 한다. 생각보다 매우 잔인한
욕에 해당한다.

굶주린 병사들에게 푸짐한 음식을 조달해주고 의기양양해 하는, 장군과 매우 흡사했다.

때문에 녀석은 늘 최씨의 '요시찰' 대상이었다. 그런데 희한한 일은 '도적질'할 때의 모습은 평소의 그 아이 답지 않게, 매우 영악하고 동작 또한 민첩하기 이를 데 없다는 사실이었다. 빨래방망이로 병아리들을 때려잡는 무지막지한 장면과는 도대체 들어맞지 않았던 것이니, 안마당과 연결된 가게의 뒷문을 통해 살금살금 들어오다가 누구와 마주치기라도 하면 아무 일도 아니라는 듯 슬금슬금 나가버리는 반면, 가게가 비어 있음을 확인한 경우에는 생쥐처럼 날렵한 동작으로 진열장 선반을 오르내리며 바삐 움직였다.

이때만큼은 과자나 사탕봉지를 가급적 높은 곳에 올려놓는, 최씨의 지난(至難)한 수고도 한갓 도로(徒勞)에 불과했다. 공중에 동동 매달려 한 손으로 몸을 지탱한 채, 다른 손으로 연신 과자봉지를 호주머니에 쑤셔 넣는 동작은 보는 사람의 눈을 휘둥그레 만들고도 남음이 있었으니, 공중그네를 타는 서커스 단원의 묘기와 견주어 조금도 손색이 없었다. 더욱이 불룩해진 주머니를 도닥거려 보고 쪼르르 미끄러져 내려와서는, 쏜살같이 사라질 때까지 걸리는 시간은 불과 몇 초에 지나지 않았다.

그러나 꼬리가 길면 잡히는 법. 녀석의 신중함이 납같이 무겁고 녀석의 수완이 검객처럼 날쌔다 한들, 깊은 잠에 빠졌다가도 유사시에 퍼뜩퍼뜩 잠을 깨는 최씨의 '촉기'와 거미줄처럼 엮어 놓은 동네의 정보망, 그리고 탁월한 추리 능력을 벗어난다는 것은 애당초 불가능한 일이었다. 며칠 동안 과자가 팔리지 않는 기묘한 현상에 주목한 그녀는 동네 꼬마들을 상대로 사탕을 이용한 '정보 탐색전'을 벌였고, 그 결과 녀석의 '이적(利敵) 행위'가 들통 나고야 말았던 것이다.

'그러면 그러제. 어째 내가 이상허닥 했다. 하이고, 시상에. 등잔 밑이 어둡닥 허데이, 내 속으로 난 내 새끼가…. 니가 은제 걸려도 걸릴 틴 게.'

믿는 도끼에 발등 찍힌 격으로 생각지도 않은 곳에서 일격을 당한 최씨의 분노는 하늘을 찔렀다. 무엇보다 평소 조용하고 어수룩하기까지 했던 둘째 아들의 범행이라는 점이 처음에는 믿어지지 않았다. 어쩌면 녀석이 가지고 있는 뜻밖의 '이중성'이 비교적 장기간 발각되지 않고 사건을 지속하게 만든 가장 중요한 요인이었는지도 모른다. 어떻든 최씨는 직접 현장을 목격하기 전에는 입을 다물기로 마음먹었다. 아무리 자식이라 할지라도 뚜렷한 증거가 있어야 문초할 수 있는 현실을 받아들이기로 한 최씨는 일종의 덫을 놓기로 결심한다. 그러던 어느 날, 녀석은 여느 때처럼 바람같이 나타났다.

"아이, 기식아. 너, 점빵 조까 보고 있을래? 나 똥 조까 누고 와야 쓰겄다."

"⋯⋯."

장사를 하다 보니 똥 눌 시간조차 없다고 신세타령하던 최씨가 이번에는 마음먹고 올무를 놓은 것. 그녀는 변소에 가는 척 가게 뒷문을 통하여 마당으로 나섰다가, 재빨리 방으로 들어와 가게로 난 손바닥만한 유리창에 눈을 댔다. 부모가 자식 도둑질하는 장면을, 그것도 함정을 파놓은 채 들여다보고 있노라니, 과연 이게 무슨 짓인가 싶은 마음이 들었다. 걸리기만 해 보아라는 심정과 제발 도둑질은 하지 말아달라는 소망이 뒤범벅이 되어 한참을 들여다보고 있는데, 아니나 다를까. 양쪽 호주머니가 불러 터져라 과자를 쑤셔 넣고 있는 녀석의 모습이 시야에 들어왔다. 그녀는 마당으로 나가 다시 가게 뒷문으로 들어섰다. 퇴로를 먼저 차단한 다음 범인을 생포하기 위한 최씨의 용의주도한 작전이었다. 인기척을 느낀 녀석이 흠칫 놀라며, 몸을 틀었다.

"나… 나갈라고."

"기식이 너, 거그 조까 있어 볼래?"

현행범으로 지목하기 위해 바로 이 장면을 놓쳐서는 안 된다는 최씨의 기민한 상황 판단이 녀석을 선 자리에 묶어 두었다. 혼백이 달아난 듯 기둥처럼 우두커니 서 있는 녀석의 바지는 엄청난 '중량'으로 말미암아, 거의 벗겨질 지경이었다.

"오메이, 텀턱 아구스럽게 많이도 꼼쳤네 이. 요놈오 새끼가 문 염병헌다고, 놈(남)한테 고로코 퍼다 주냐? 먹을라먼 너나 먹든지 허제, 뭇 헌다고 점빵에치 갖다가 놈한테 주냔 말이다. 이 호레이나 물어갈 놈아!"

"……."

"이 썩을 놈아! 니 입 주데이로나 쳐먹으면, 내가 말도 안 허겄다. 근디 문 염병났다고 놈한테 갖다 주어 갖고는, 물건할라 안 팔리게 허냐고?"

장사치의 본능이랄까. 최씨는 무엇보다 상품이 팔리지 않는 것을 가장 큰 손실로 여기는 듯 했다. 그러나 '물건 없어져 손해, 팔리지 않아 손해'라는 말의 뜻을 아는지 모르는지, 녀석은 묵묵부답 도통 대답이 없었다. 최씨는 늘 하던 대로 "너 죽고 나 죽자!"는 단말마적인 비명을 질러댔고, 이후 멱살 잡힌 녀석은 질질 끌려 형제에게는 그야말로 공포의 장소가 되어버린 돼지우리 옆 목욕탕에 처박혔다. 기창에게도 '매타작 장소'로 각인된 이 목욕탕은 신통하게 사방 어느 쪽으로부터도 빛이 들어오지 않았다. 벽은 온통 시멘트로 도배되고 하나뿐인 창문과 출입문은 함석 양철로 뒤덮여, 문을 닫는 순간 암흑천지가 되는 곳. 이 깜깜한 어둠 속에서, 이날도 녀석은 죽지 않을 만큼 두들겨 맞았다.

《3》

그러나 종아리에 피멍이 들고 허벅지와 팔에 푸른 반점이 돋아날 만큼 꼬집히면서도 녀석의 '적선' 버릇은 쉬이 없어지지 않았다. 최씨의 집요한 매질과 식구들의 비난을 감수할지언정, 동네 사람들과 아이들로부터 받는 영웅 대접은 포기하고 싶지 않아서였을까? 의도적이든 아니든, 인기에 영합하고자 하는 녀석의 이상한 행태는 곳곳에서 기창의 순종적인 삶과 충돌했으니. 어느 날 마당으로 들어서던 앞집 석형이 버럭 소리를 질렀다.

"기창아! 느그 동상이 시방 흙 파먹고 있어야."

"…어디서야?"

아닌 밤중에 홍두깨요 마른하늘에 날벼락이라더니, 이 또 무슨 해괴망측한 소리인가? 아! 상상을 초월하는 녀석의 기행(奇行)이 고즈넉한 농촌 마을에 또 파문을 일으키는가 보다. 그보다 '파먹을' 정도의 흙이라면? 퍼뜩 머릿속에 떠오른 장소와 석형이 가리키는 쪽은 신기하게도 일치했고, 기창은 부리나케 그 방향으로 내달렸다. 설마 했던 마음은 친구 녀석의 제보가 정확했다는 사실, 그리고 동네의 당산나무 격인 탱자나무 아래에서 우물거리는 기식의 입모양 앞에서 무너졌다. 그의 주위에 몰려든 아이들은 여물 씹는 소를 대하는 양, 창경원의 원숭이를 바라보는 양 그저 깔깔대고 있었다. 기창은 다짜고짜 녀석의 뺨을 후려갈겼다.

"에라이, 이 미련헌 놈아."

"……."

"빨리 안 밭을래?"

한 움큼의 모래가 튀어나왔고, 늘 그렇듯이 녀석은 묵묵부답 말이 없었다. 양손에는 가득 모래가 들려 있었고, 새카만 겉흙을 걷어낸 곳에는 하얀 모래가 속살을 드러내고 있었다.

"이 새끼야. 놈(남)들이 먹으락 헌다고 퍼먹고 있나?"

"여그는 깨끗헌 디…."

"뭇 해야? 에라이, 이 밥통아. 디져라 디져. 밥 내놓고 디져야."

기창은 최씨의 흉내를 내며, 녀석의 뒤통수를 쥐어박았다. 그러다가 평소의 기창답지 않게 빽 소리를 지르고 말았다.

"어뜬 새끼들이 시켰어? 씨벌 놈들…."

주변을 둘러보며 눈 부라리는 시늉까지 했다. 물론 순순히 '죄'를 자백하는 아이는 없었고, 사실 그것을 기대한 것도 아니었다. 다만 순진한 녀석을 사주(使嗾)한 녀석들의 그 마음이 죽이고 싶도록 미웠고, 명색이 형으로서 어떤 식으로든 분노를 표출해야 한다는 본능적인 판단에 따랐을 뿐이다. 하지만 한걸음만 물러서 생각하건대, 늘 심심하고 지루해서 못 견뎌하는 그들에게 무슨 죄가 있을 것인가? 매미 우는 소리와 입가에 내려앉는 파리의 날갯짓에 낮잠을 깨고 하루에 한 번씩 들어오는 완행버스의 뒤꽁무니를 쫓아가며 휘발유 타는 냄새에 행복해 하는 아이들에게 무슨 잘못이 있는가? 뭔가 이벤트를 만들어 내고 이야기 거리를 생산해 내지 않으면 못 견뎌하는 농촌 마을에서, '점빵집' 둘째의 변태적인 행동은 아이들의 시선을 사로잡고 신바람을 내게 하는데 특효약이었을 터.

　이래저래 속이 상하여 기창은 퍽퍽 울고 말았다. 그렇다고 하여 녀석을 특별히 아긴다거나 위해 본 적은 없었고, 그러한 형으로 인정받고 싶은 생각도 없었다. 말을 하기로 들면, 오히려 그 반대쪽에 가까웠다. 그럼에도 기분이 나빴다. 마치 자신이 당한 것처럼 속이 상했다. 어쩌면 형으로서 조롱받는 동생을 지켜주지 못했다는 자괴감이었을 수도 있지만, 그보다는 자신이 무시당하고 있다는 느낌에 대한 분노의 표출이었다고 보는 것이 타당할 것이다.

하루는 온 동네가 떠나갈 듯 시끌벅적하여, 무슨 일인가 하여 밖으로 나가 보았다. 한 떼의 아이들이 환호성을 지르며 들녘에서 동네의 한복판, 가게 쪽을 향해 몰려오고 있었다. 그런데 무리의 한 중앙에 기식이 자리해 있었고, 그의 목에는 뱀 두 마리가 치렁치렁 감겨져 있었다! 용트림하듯 몸부림치는 뱀들의 대가리를 양손에 하나씩 틀어쥐고서, 날름거리는 혀들을 이리저리 바라보며 기식은 히죽 히죽 웃고 있었다. 맨 처음 기창은 자기의 눈을 의심했다. 교회 전도사가 말한 지옥에 이런 장면이 있을까? 무서운 동화책을 들여다보는 것도 같고, 악몽을 꾸는 것도 같았다. 그 악몽에서 벗어나야겠다 싶어 소리를 꽥 질렀다.

'기식아, 야이 새끼야!'

하지만 그 소리는 목안에서만 뱅뱅 돌 뿐, 밖으로

튀어나가지는 못했다. 경악과 분노, 공포. 뺨이라도 한 대 후려갈긴 다음, 녀석의 목에서 뱀을 떼어내고 싶었다. 하지만 본래 겁이 많은데다 뱀이라면 유난히 싫어하는 기창인지라, 가까이 다가가는 것조차 용납이 되지 않았다. 얼이 빠진 채 우두커니 서 있는 기창을 향해 녀석은 보무도 당당하게 행군해 들어왔다. 혹시 그동안 두 살 터울 형으로부터 당한 설움에 앙갚음을 하려는 것은 아닐까? 겁쟁이 형을 혼내주려는 의도는 아니었을까? 기창은 복잡한 속내와 엄습하는 공포감을 이기지 못해 한 발, 두 발 뒷걸음을 치기 시작했다. 더 이상 물러설 곳이 없음을 알았을 때, 몸을 틀어 집으로 달려갔다.

"어메, 어메! 씨벌, 큰일났단 게. 어메!…"

"어째 또 자발을 떨고 그러냐?"

"아따, 기식이가…."

자초지종 보고하고 말 것도 없었다. 큰아들의 횡설수설이 끝나기도 전에 화려하게(?) 치장된 작은 아들의 몸뚱이가 눈앞에 나타났던 것이니. 최씨는 용수철처럼 솟구쳐 올랐다.

"오메이, 저것이 문 꼴이디야? 시상에, 어째서 저런 버마재비* 같은 놈이 내 속에서 나왔으끄나? 동네사람들 챙피해서 내가 살아도 못 살겄다. 살아도 못 살아."

"……."

이날도 녀석은 죽지 않을 만큼만 두들겨 맞았다. '목욕탕'에서 걸어 나오며 최씨가 혀를 찼다.

"아이고, 내가 저 새끼만 읎으면 지발도 살겄다. 암만 때래도 잉해 갖고 통 잘못했단 소리도 않고. 오메이, 내 어깨가 아퍼서 작파했다."

본래 녀석은 울거나 잘못했다고 용서를 구하는 법이 없었다. 매를 들기만 해도 손이 발 되도록 싹싹 빌어대는 막둥이 동생과는 딴판이었다. 매타작을 하던 최씨가 "지발 빌기라도 해라. 이놈아!" 소

---

* 버마재비: 본래는 '사마귀'를 가리킴. 그러나 당랑거철(螳螂拒轍-'사마귀가 수레바퀴를 막는다'는 뜻)이라는 용어에서 보듯, '자기의 힘은 헤아리지 않고, 강한 상대에 함부로 덤비는 어리석음'을 빗대는 말로도 쓰임.

리쳐도, 입을 앙다문 채 끝까지 버티었다. 수시로 욕을 먹고 심심찮게 두들겨 맞아도, 마음의 상처를 받는 기색조차 없었다. 핍박을 당하고 고통 받는 것을 자연스런 삶의 일부로 받아들이는 눈치였다. 아무리 보아도 별종 중의 별종. 식구들 가운데 그의 행동을 이해하는 사람은 아무도 없었다. 일찌감치 공부와는 담을 쌓았거니와, 그것을 아쉬워하거나 부끄러워하는 기색도 없었다. 말수가 적은 데다 자기주장을 내세우는 일도 없어, 도대체 그의 생각을 아는 사람이 없었다. 어쩌면 스스로 자기 자신이 누구인지도 모르는 것 같았다. 이리저리 채는 길가의 돌멩이, 이 사람 저 사람에게 짓밟히는 이름 모를 들꽃과 흡사하다고나 할까.

《4》

"아이, 느그덜 이리 와서 어깨쭉지 쪼까 쭈물를래? 아따 장, 꾸무럭헌 것이 날 궂을라고 그러는가 어찌는가, 삭신이 노곤노곤허다이."

딱히 '궂은 날'이 아니어도 아버지 박씨는 거의 매일 '삭신이 노곤노곤'했고, 그때마다 두 아들은 땀을 뻘뻘 흘리는 안마 노동에 시달려야 했다. '광주에서 대학 다닐 때, 냉방에서 잠을 많이 잔 탓에 얼병 들었다'는 것이 그 배경 설명이었지만, 설득력은 많이 떨어졌다. '얼병'으로 말할 것 같으면, 아이를 여섯씩이나 낳고 지금도 일을 무지막지하게 해대는 최씨 쪽이 더 심할 것 같았기 때문이다.

"어메는 삭신 안 아픈가?"

"어째서 안 아프겄냐? 날이 궂을락 허면, 온 삭신이 꼭 누구한테 뚜드러 맞은 것 같이 애린 디야."

"그러면, 어째서 쭈물러 주란 말을 안 헌가?"

"느그 압씨 쭈물르고 나까지 쭈물러 줄라면, 느그덜이 심든 게 그러지야."

"…내가 쭈물러 주께."

"내비 두어라. 너도 고단헐 턴 디…."

"갠찮허단 게."

"그래야? 그러면 쪼끔만 허든지. ……아이고, 시언허다."

무척이나 행복해하면서도 몇 조금 가지 못해 끝내 사양해 버리는 최씨, 그런 그녀가 한편으론 밉기까지 했다. 그냥 모른 체, 조금은 무디어진 감각으로 아들의 효도(?)를 받아들이면 어디가 덧나나?

반면에 아버지 박씨의 경우, 염치라든가 체면이라곤 어림 반 푼어치도 없었다. 일단 주무르기 시작하면 한도, 끝도 없었다. 한쪽 어깨가 마무리되었다 싶으면, 잽싸게 반대쪽으로 돌아누우며 다른 어깨를 탁탁 쳐댔다. 중단하지 말라는 신호로써 도망갈 틈이나 기회를 주지 않기 위한 몸짓이었다. 상반신이 끝나면 하반신으로, 하반신이 끝나면 등과 허리, 허벅지로. 이때쯤 되면 방바닥에 배를 쭉 깔고 엎드린다거나 다시 옆으로 드러누워 오른쪽 어깨로, 또다시 왼쪽 어깨로 현란한 몸동작이 이어진다. 박씨가 통닭구이 형태로 부리나케 몸을 놀리는 동안 기창과 기식 두 형제의 손끝은 삼천리금수강산 방방

곡곡을 헤매다가 마침내 오대양육대주로까지 퍼져 나간다. 그 끝을 알 수 없는 무한한 세계, 전 우주로 그 피곤한 여정이 이어지는 것이니.

영겁의 세월처럼 느껴지는 시간도 시간이려니와, 작고 뭉툭한 손으로 그 빵빵한 몸집을 감당하려다 보니 숨이 찼다. 더욱이 기창의 담당 구역은 어깨의 상단 부분이나 허벅지 쪽이었다. 팔꿈치 아래나 종아리 구역을 맡은 기식과는 차원이 달랐던 것. 쉽게 쥐어지지도 않았을뿐더러 손아귀에 들어왔다가도 금방 미끄러지거나 쉽게 빠져나가곤 했다. 무엇보다 기창을 지치게 만드는 것은 기진맥진 그로기 상태인 아들들에게 격려는커녕 "더 세게 주무르라"는 독촉장만 남발하는 박씨의 행태였다.

비몽사몽간에 손을 놀리고 있노라면, 박씨의 코고는 소리가 들릴 때가 가끔 있었다. 오! 이 행운! 이 기쁨! 옆에서 바느질하던 최씨는 눈을 끔벅거리며 그만두라는 신호를 보내고, 기창은 악력(握力)의 강도를 서서히 떨어뜨리는 방법으로 '사자'의 잠을 깨우지 않으려 정신을 집중한다. 마침내 결정적인 순간을 포착하여 숨을 죽인 상태로 손을 떼어내는데, 아! 이 무슨 변고란 말인가. 평소 둔하기만 하던 박씨의 감각이 이때만큼은 예리한 촉수처럼 작동하곤 했으니, 코골이 소리가 멈춰짐과 동시에 몸이 확 뒤집어지면서 새로운 작업 장소를 지정하는 것이 아닌가? 하늘이 무너지고 땅이 꺼지는 것 같은 절망감. 무 캐먹다 들킨 것처럼 민망한 심사에 육체적 피로가 일시에 몰려들면서 살고 싶은 의욕마저 싹 달아났다.

그리스신화에 나오는 시시포스, 못된 짓을 많이해 그 형벌로 커다란 바위를 산꼭대기로 밀어 올려가야만 했는데, 산꼭대기에 이르면 바위는 다시 아래로 굴러 떨어지곤 하여 이러한 고역을 영원히 되풀이하고 있는 바로 그 사람. 왜 내가 그를 닮아야 하는가? 대체 내가 무슨 못된 짓을 했다고?

기창을 더욱 절망의 골짜기로 밀어 넣는 또 하나의 요인은 그 험악한 중노동을 강요하면서도 도통 미안해하거나 고마워하는 기색조차 보이지 않는 박씨의 심보였다. 오! 과연 그 무엇이 그로 하여금 저토록 당당하게 만드는 걸까? 과연 무엇 때문에 그는 저렇게도 오만할 수 있는 걸까? 과연 그것이 부모를 향한 자식의 '당연한 의무'일까? 이쪽의 저항을 의식했든지 아니면 스스로 자신의 행동을 정당화 내지 합리화할 필요성이 있다고 판단했든지 어느 날부터 그는 이런 '궤변'을 늘어놓기 시작했다.

"느그덜이 쭈물르면 쭈물를수록, 팔목 심도 좋아지고 근력도 쎄지고 그러는 것이여어. 자고로 남자는 팔목 심이 좋아야 허그든. 그래서 내가 역부러 시키는 것이여어."

실소를 자아내게 하는 그의 논리는 기창에게 통하지 않았다. 마치 큰 혜택이라도 베푸는 양 코를 킁킁거릴 때, 기창은 그를 맘껏 비웃었다.

'어른들은 아이들을 너무 무시하는 경향이 있어. 스스로는 위에서 내려다본다 생각할지 몰라도, 위보다는 아래에서 올려다보는 편이 더 잘 보인다는 사실, 그걸 모르는 거지. 하지만 어차피 세상은 불공평하고, 약한 자는 강한 자에게 먹히기 마련인 것을….'

일종의 자포자기랄까. 한없이 이어지는 고난의 행군을 통하여 기창은 일찌감치 부조리한 세상의 구조를 들여다보고 있었다.

그날 밤도 시니컬한 감정과 절망의 바다에 몸을 맡긴 채, 기창은 졸음을 참으며 손을 놀리고 있었다. 점점 힘이 빠져가는 아이들의 손놀림을 감지했는지, 박씨는 느닷없이 '경품'이라는 당근책을 들고 나왔다.

"느그 둘 중에 아무나 오래 쭈물르는 사람한테, 내가 사과 하나씩을 주기로 헌다. 어쩌냐?"

"……."

말끝마다 '대학물을 먹었다'며 자화자찬하던 그였다. 틈만 나면 최씨에게 '무식한 여편네'라 핀잔을 주던 그였다. 참으로 '유식한' 그답게 툭 튀어져 나온 기발한 아이디어에 스스로 매우 대견해하며 회심의 미소를 지어보였다. 하지만 그것이 하나의 잔꾀요 얕은 수작에 불과함을 기창은 일찌감치 꿰뚫어보고 있었다. 사과를 먹고 안 먹고는 가게를 운영하는 최씨의 소관 사항임을 잘 알고 있는 터에 그녀의 허락만 있으면 언제든지 따먹을 수 있는 입장이 기창이었다. 사실 이 정도 되면 경품으로서의 가치를 상실한 거나 마찬가지. 그 알량한 상품을 향해 목숨을 걸기도 싫거니와, 무엇보다 박씨에게 '이용' 당하는 장면을 들키는 일 자체가 불쾌했다.

'아! 역시 어른들은 아이들을 모른다. 아이들이 아무 것도 모른다고 착각한다. 내가 비록 노예처럼 억지춘향으로 손을 놀리기는 하되, 이런 저급한 농간에 놀아나고 싶진 않다.'

대신 그 제안이 안고 있는 맹점을 파고든다면?

도전하기조차 어려운 권위를 까부수는 일이요, 그동안 쌓인 불만을 간접적으로 터뜨릴 수 있는 절호의 기회일 터. 과연 그 맹점이란 무엇인가? 어떻게 하든 시간만 끌면 된다는 것, 세계 주무르건 약하게 주무르건 시간만 오래 끌면 된다는 규칙이었다. 박씨의 처사를 비웃기라도 하듯, 기창은 손목의 힘을 쑥 뺀 채 느릿느릿 주무르기 시작했다. 반면 기식은 땀을 뻘뻘 흘리며 바삐 주물러대는 것이었으니.

'그래. 네가 몇 조금이나 가나 보자.'

아니나 다를까, 얼마 가지 못해 그는 기진맥진, 지치고 말았다.

"아이고, 못 허겄다."

"……!"

《5》

녹색 풀밭과 그 사이를 졸졸 흐르는 시냇물이 눈앞에 펼쳐졌다. 때 이른 녀석의 항복 선언 앞에서 기창은 회심의 미소를 지었다.

'그러면 그렇지. 사람이란 모름지기 지혜가 있어야 하는 법이거늘. 어떻든 승리는 내 것이니까, 이제

난 상품을 받아먹으면 되고, 넌 그냥 쳐다보기나 해.'

훔쳐 먹는 사과가 맛있다 했던가? 승자에게 주어진 상품은 평소 가게의 그것과는 맛이 다를 것인즉. 한입 가득 베어 물었을 때 꽉 차는 그 느낌과 육즙에서 흘러나오는 달고 신맛, 코 근처로 퍼져나가는 향기를 기대하며 기창은 승리감에 도취했다. 그러나 박씨는 기창의 상상력을 비웃기라도 하듯, 사과 하나씩을 똑같이 나눠주는 것이 아닌가?

"시합에서는 기창이가 이겼제마는, 기식이가 더 열심히 쭈물렀은 게 똑같이 나나 먹그라."

"……?"

'아니, 어떻게 이럴 수가 있어요? 이건 불공정하잖아요? 약속은 지켜야지요. 아무리 부자지간이라 해도, 이건 너무하는 거 아니어요?'

입 밖으로 튀어나가려 발버둥치는 언어들을 꽉 잡아맸으나 심통이 쉽사리 삭혀지진 않았다. 아무리 '갑'과 '을'의 관계라 한들 함부로 약속을 파기하는 처사가 맘에 들지 않았고, 두 살이나 아래인 동생과 동등한 대우를 받는다는 사실이 불쾌했다. 더구나 녀석을 칭찬하는 것처럼 들리는 말투 앞에서 심한 질투심, 소외감마저 느껴졌다.

'혹시 아버지가 나보다 기식을, 더 사랑하는 것은 아닐까?'

도저히 있을 수 없는, 그래서 의심이 들 때마다 도리질을 쳐댔던 그 사태가 정작 현실로 다가오는 것은 아닐까? 평소에도 박씨는 가족들의 보편적 상식(?)에 어긋나게 그를 두둔하곤 했었다.

"인자 두고 봐라. 우리 기식이가 젤 잘살 것이다. 왜냐허면, 우직허고 정직헌 게. 사람은 모름지기 정직해야 허그든."

대놓고 동생을 칭찬하는 그 말이 왜 기창 자신에게 욕처럼 들렸는지 모를 일이다.

'아니, 그러면 녀석과 대척점에 서 있다고 간주되는 나는 부정직하단 말인가? 그래서 나는 결국 잘 살지 못할 것이란 말인가? 아… 아버지는 속으로 나를 미워하고 있는지도 모른다. 그렇다면 왜? 난 동생처럼 운동회 때 엉뚱한 짓을 한 적도 없고, 가게 물건을 훔치지도 않았으며, 병아리들을 때려죽이거나 흙을 파먹은 일도 없고, 목에 뱀을 칭칭 감고 다니며 동네사람들의 웃음거리가 된 적도 없는데. 운동회 규칙도 잘 지키고 가게도 착실하게 봐주었으며, 열심히 공부도 했고 선생님, 부모님 말씀도 잘 들었는데….'

그 덕분에 최씨로부터 "나한테는 너 배키 옳다"는 사랑의 고백과 '일편단심'을 고백 받곤 했다고 자부하는 기창이었다. 그때마다 책임감과 더불어 뿌듯한 자부심을 느끼기도 했고. 그런데 박씨의 경우, 적어도 겉으로는 그 어떤 자식(아들이건 딸이건)도 '편애'하지 않았다. 누군가를 특별히 사랑하거나 아끼지도 않았지만, 가족들에게 '공공의 적'으로 낙인찍힌 기식을 특별히 미워하지도 않았다.

'모름지기 선한 자에게는 상이 따르고 악한 자에게는 징계가 따라야 하는 법이거늘, 왜 모범생인 내가 그와 똑같은 대우를 받아야 하는가?'

두 아들을 극명하게 차별대우하는 쪽은 어머니 최씨였다. 그녀의 경우 장차 집안을 책임지고 나갈 장남이자 모범생인 기창에 대해서는 그 정성이 하늘을 찔렀다. 반면 나머지 두 아들과 세 딸들에 대해서는 있어도 그만, 없어도 그만하는 태도. 적어도 기창의 눈에는 그렇게 보였고, 무엇보다 자신에 대한 우대가 당연지사라 여겨왔다. 오랫동안 길들여진 습관적 사고는 동생들, 특히 기식에게까지 두루두루 잘 대하려는 박씨의 행태가 영 눈에 거스르게 만들었다. 그렇다고 하여, 녀석에게 시기와 질투를 느꼈다고 인정하기는 싫었다.

'내가 왜 동생을 미워해? 실제로 난 누구보다 녀석을 사랑하고 있어. 지난번 동네아이들로부터 놀림을 받고 있을 때, 내가 얼마나 화가 났었는데. 그래서 실제로 욕을 하며 달려들기도 했고. 그런데, 그런데 아버지는 왜 우리 둘을 놓고 경쟁을 시키는 걸까? 왜 서로를 미워하게 만드는 걸까?'

기창이 그를 위해 싸운 것은 어디까지나 형, 즉

시혜자(施惠者)의 입장에서였다. 때문에 동생과 경쟁을 하고 비교를 당하며 결국 똑같은 대우를 받는다는 사실 자체가 죽도록 싫었다. 동생을 '라이벌'로 간주해야 한다는 것은 결국 형으로서의 권위를 무너뜨리는 처사가 아닌가 말이다. 바로 그 점 때문에 자존심이 상했다. 그리고 그 내면에는 박씨에 대한 불신이 숨어있었다.

'어쩌면 그는 나보다 녀석을 더 사랑하는지도 모른다. 아니, 어쩌면 나를 속으로 미워하고 있을지도 몰라. 언젠가 결정적인 순간에, 그는 나보다 기식을 선택할지도 모른다!'

그 결정적인 순간이 언제가 될지 알 수는 없지만, 어떻든 그렇게 하고야 말 거라는 불길한 예감이 자꾸 들었다. 그리고 눈앞에 어른거리는 그 불쾌한 상상이 싫었다. 언젠가 현실로 닥쳐올 미래가 지금 바로 박씨에 의해 녀석이 두둔 받는 순간부터 준비될 수 있다는 사실이 무서웠다. 속이 편치 않았다. 그리고 그 불편한 속내를 더욱 쓰리게 하는 사건이 있었으니. 어느 날 가게방문 앞을 지나다가 최씨와 박씨의 대화를 우연히 듣게 된 것이다.

"기식이 저것이 커서 뭇이 될란가, 참말로 꺽정이요 꺽정."

"애팬네가. 꺽정은 뭇이 꺽정이여? 다 즈그 먹을 밥줄은 타고 난다고, 그런 말도 못 들었어? 저런 아그덜이 앨라 더 잘살 턴 게, 두고 봐."

"당신은. 잘 될 나무는 떡잎부터 알아본다고, 저것이 시방 공부를 허요 뭇을 허요? 밤나 점빵 것 도독질해다가 놈한테 퍼주기나 허고, 통 시상 물정을 모르고 그런디 은제 잘살아라우?"

"그러면 부모가 되야 갖고, 자식이 못 살기를 바래야 쓰겄어? 말이 씨 된다는 말도 못 들었냐고? 부모까장 괄세허면 누가 저 아그를 쳐다보기나 허겄냐 그 말이여. 식구들까장 기식이를 미워헌 게, 무장 기를 못 피고 그러제에. 나는 속이 좋아서 그런 줄 알아?"

"압씨가 되야 갖고 못허면 못헌다고, 야무지게

가르치기라도 해야 헐 것 아니요?"

"글안해도 지가 못헌 지 뻔히 알고 있는 애기한
테 차코 못헌다 못헌다 허먼, 어쭈코 기를 피고 살
것이냔 말이여. 그러고 아그덜은 열두 번 된다는 말
도 있고 어느 구름에 비 올지 모른다는 말도 있넌
디, 내일 일을 누가 알 것이여?"

"……."

"그러고 기식이한테도 분명 좋은 점들이 있단 게.
믓이 장점이냐? 미련헌 것 같제마는 우선 정직허
고, 우직허고. 죽어라 일허는 소같이 우직헌 맛이
있은 게, 을마나 좋냔 말이여. 자고로 한 우물을 파
야 물이 나온다고, 믓을 허든지 한 가지 것에 매달
리다 보면 승부가 날 것 아니여? 자발 맞게 오두방
정 떰시로 이것 했다가 안 된다고 저것 허고, 저것
했다가 안 된다고 또 이것 허고 허먼 성공헐 수가
옰제."

그러고 보니 녀석을 볼 때마다 늘 우직하게 밭을
가는 황소가 연상되긴 했었다. 그것은 녀석의 트레

이드마크이자 심벌이었다. 천성이 비단결같이 착해서 절대로 화를 내거나 싸우는 법이 없다는 사실도 충분히 인정이 되었다.

"그러고 이왕지사 말이 나왔은 게 허는 말이제마는, 타고난 천성이 착해서 누구한테 갖다 주기 좋아허는 것도 장점이제 어째서 단점이냐 말이여. 동네 사람들이 그 아그를 좋아허는 것도 다 이유가 있는 것이여. 꼭 뭇을 갖다 주어서만 좋아허간디? 지 것 꼭 틀어쥔다고 꼭 잘 사는 것이 아니란 게. 꼼꼼허다고 잘살 것 같으면, 누가 밥 사고 술 사고 허겄어? 내 것 갖다가 퍼주는 사람이 결국에는 잘살 틴게, 두고 봐."

"하이고, 당신같이 퍼주기 좋아허는 사람이 은제 잘 삽디요?"

"우리가 어째서? 이 많은 식구들 시(세) 끼 밥 안 굶기고 살먼 잘사는 것이제, 부자가 뭇 벨 것 있간디? 그러고 애기가 통 겁이 읎는 것도 남자로서 을마나 좋은 점이냔 말이여. 뭇 달린 놈들이 무서 무서허먼 못 쓰그든. 세상에 나가 큰일을 못 헌단 말이여.”

도대체 겁이라곤 없으며 베짱이 유달리 두둑하다는 것도 사실이다. 듣고 보니 모두가 옳은 말인데, 결국 녀석을 칭찬하는 셈 아닌가?

‘그렇다면 나는? 녀석과 맞은편에 서 있는 나는 어떠한가?’

기창 역시 스스로 인색하다거나 마음씨가 나쁘다거나, 특별히 악한 사람이라고 생각해본 적은 없었다. 하지만 아이들의 성품을 꿰뚫어보는 것 같은 박씨의 시선 앞에서, 우직하고 용감하고 인정 많은 녀석의 해맑은 눈동자 앞에서는 묘한 열등감이 느껴졌다. 그리고 그것은 어쩔 수 없는 하나의 고통이었다.

피의 축제

《1》

"꽤액!…… 꽤액!……"

오씨가 불을 지피는 동안, 장화 차림의 종길이 아제가 우리 안으로 들어간다. 어미돼지의 엉덩이를 힘껏 밀어보지만, 자신의 운명을 예감이라도 한 듯 녀석은 기를 쓰며 버틴다. 결국 두 귀를 잡아당기는

동네 아저씨들과 뒤에서 밀어대는 종길의 양공작
전(兩攻作戰)에 밀려, 녀석은 끌려나오고 만다. 그러
나 이내 온 마당을 쏘다니기 시작했고, 사람들은 녀
석의 꽁무니를 좇아 이리 뛰고 저리 달렸다.

종길의 푸념 섞인 질책.

"아이, 영호네 작은 아부지. 뭇을 고로코 우두게
이 쳐다만 보고 있소? 싸게 새내키나 준비 허제…."

"그것이사 꺽정 붙들어 매고, 후딱 잡기나 허소."

"지 까짓 것이 뛰어 봤자 배룩이제, 문 밸 수 있겄
소? 사람들한테 껄막 잘 지키락 허고 내가 꼴랑지
쪽에서 두 발을 동동 치캐 들란 게, 앞발을 날랍게
드씨요 이. 그때 남지기 사람들이 새내키 줄로 묶어
버리먼 안 쓰겄소?"

마침내 지친 듯 어슬렁거리는 녀석의 뒤로 그가
접근해갔다. 인기척에 놀라 움찔하는 순간, 잽싸게
달려들어 뒷발을 치켜 올렸다. 영호네 숙부가 앞발
을 마저 들어 올리자, 둘러섰던 장정들이 새끼줄로
앞발과 뒷발을 칭칭 감아버린다. 발버둥치는 녀석을

땅에 내려놓고, 종길은 '메고이(떡메)'를 집어 들었다. 떡메가 공중으로 치솟는 순간, 영호는 눈을 꼭 감았다.

'아! 잔인한 피의 축제가 시작되는구나.'

무대는 고흥군 포두면 해창만의 바닷가에 면한 작은 마을. 영호네 가게 안마당 한편에서 잔인무도한 인간들이 춤을 추며 다가온다. 양손에 칼을 들고서.

"퍽!"

눈을 떴다. 그러나 살상 행위는 아직도 진행 중. 과녁을 빗나간 떡메가 다시 올려졌다. 서너 차례 어설픈 가격이 거듭되다가, 드디어 급소에 명중. 정수리 부분에 적중한 것이다.

"퍽!"

"꾸르륵…."

신음소리와 함께 육중한 몸이 축 늘어졌다. 머리 끝에서 면상 전체로 새빨간 피가 흘러내린다. 그럼에도 이어지는 확인 사살. 한 번, 두 번, 세 번. 애를 먹인 데 대한 앙갚음인 듯, 연거푸 떡메가 내리 찍

힌다. 굵고 뭉툭한 몽둥이가 춤을 출 때마다 통증이
전달되어 오는 듯, 덩달아 영호의 몸이 움찔거린다.
평소에 다정다감했던 종길 아제가 오늘따라 너무
나 무섭게 각인되어 왔다.

'맞아. 그가 동네 이장 집에서 일할 때에도 이런
분위기였어.'

마을에서 유일하게 배를 가진 이장네 집, 한 배
가득 만선(滿船)의 풍요를 느낄 때쯤 종길은 감시의
눈을 번뜩이곤 했다. 해창만의 천일염에 담가 젓갈
로 내다 파는 백해젓용 새비(새우)와 아쉬운 대로
쓸 만한 생선들을 추려내어 그것들을 창고에 보관
하는 일까지 그의 몫이었다. 그러나 간혹 꽃게를 훔
치다 걸린 아이들이 잡혀오는 경우가 있었다. 종길
은 그들을 간척지 둑 끄트머리까지 추격하여 기어
이 생포한 다음, 이 창고에 밤새 가두어두곤 했다.

"오메이 씨벌, 빈지럭* 비린내 땜에 코가 썩어버

---

* 빈지럭: 웅어, 송어, 까나리 등 작은 생선들을 일컫는 전남 일부 지역의
  방언.

릴락 허드라.”

“쥐새끼들이 저녁내 돌아 댕기는 디, 씨벌… 미치고 폴딱 뛰겄드라.”

‘감옥’에 다녀온 녀석들은 고개를 흔들며 진저리를 치곤 했다. 그 악명 높은 종길이 영호네 집에 머슴으로 들어온 것은 이장이 밤 보따리를 싸고 난 후. ‘짓고땡’과 ‘두 장 보기’ 도박으로 가산을 탕진한 그는 알코올중독자가 된 몸으로 삼십육계 줄행랑을 쳤다. 온 동네에 대추나무 연 걸리듯 수많은 빚을 뒤로 남긴 채.

‘혹시 그의 가슴속에 맺힌 설움 같은 것이 이런 식으로 해체되는지도 모른다!’

《2》

종길이 영호의 모친 오씨에게서 식칼을 받아든다 여겨지는 순간, 숫돌에 의해 잔뜩 날이 선 칼날이 암퇘지의 목에 박혔다.

"꽤애액!… 꽤애액…."

다시 또 피맺힌 절규. 다 죽은 줄 알았는데, 그게 아니었구나. 영호는 두 귀를 막으며 녀석의 빠른 절명을 기원했다. 그러나 녀석은 여전히 눈을 끔벅거리고 있었으니. 그 눈빛을 보지 않으려 영호는 발버둥을 쳤다. 목 근처가 들쑤셔져 뻥 구멍이 뚫리자, 종길은 주변에 대고 버럭 소리를 질렀다.

"아이, 뭇 허고들 있소? 빨리 바께쓰 갖고 오제."

"……."

영호네 숙부가 재빨리 양동이를 갖다 목 아래에 받쳤다. 머리가 아래쪽으로 기울여진다.

"콸 콸 콸 콸…."

팥죽의 새알을 닮은 굵은 건더기, 그것들과 뒤섞인 진홍색 피가 쏟아지기 시작했다. 흔들리지 않도록 곰보 아주머니가 양동이를 꽉 붙들었다. 동이는 서서히 채워져 갔고, 영호는 희한하게도 그 장면에서 눈을 뗄 수 없었다. 어느새 수정체는 핏빛에 익숙해졌고, 몸은 더 강렬한 자극을 원하고 있었다.

저 내면 깊숙한 곳으로부터 야금야금 피어오르는 악마적 호기심으로 말미암아 영혼마저 말짱해지고 말았다. 눈을 부릅뜬 채 스스로의 고통을 응시하고 있는 암퇘지, 그 장면 앞에서 도리어 침을 흘리고 있는 인간 군상들.

'어쩌면 나도 그들과 한통속일지 모른다!'

녀석의 눈과 딱 마주치는 순간, 공포와 전율이 느껴졌다.

'나에게 구원을 요청하고 있는 걸까? 아니면 나를 원망하는 걸까? 하지만 나에게는 아무 힘도 없을뿐더러 이 사태와 아무런 관련도 없는데….'

영호는 지금 이 순간, 부지런히 살육의 현장에서 벗어나고 있었다. 아니, 벗어나려 부단히 애쓰는 중이었다. 그럼에도 그 눈길은 영호를 한없이 부담스럽게 만들었다. 그리고 그 마음의 짐이 영호로 하여금 자기정당화를 가속화하고 있었다.

'어차피 넌 희생양이야. 너 하나 때문에 모두가 불편해 하고 있어. 그러니까 빨리 죽어. 제발. 그것

만이 너에게 남겨진 유일한 탈출구야.'

마음속 기원이 효험을 발휘했을까. 녀석의 숨은 갑자기 끊어졌고, 사람들은 회심의 미소를 지었다.

'아! 이젠 끝이다. 녀석의 고통도, 나의 떨림도. 이젠 잊어버리자. 그러나… 그러나 어쩌면 난 녀석의 죽음으로부터 자유롭지 못할지도 모른다. 나 역시 공범(共犯)일 수도 있다. 직접 살해 행위에 가담하지 않았더라도, 팔짱 끼고 바라보았다 할지라도 수수방관 죄에는 해당할 수 있을 터. 수수방관 죄? 그런 게 있기나 한가? 어떻든 이제 녀석은 죽었어. 패배했어. 항상 역사는 승자 편에서 기록되는 법이거늘. 또 녀석은 아무런 의식도, 고통도 없어. 그러니까 죄의식조차 가질 필요 없다고.'

오씨가 시신 위에 펄펄 끓는 물을 끼얹는다. 벌써 혼이 저만치 달아난 녀석은 미동도 하지 않는다. 꼬불꼬불한 털 사이로 뭉게뭉게 김이 피어오르는 동안, 식칼을 잡은 종길이 우거진 숲을 벌채해나가자 백옥처럼 하얀 표피가 드러난다. 사지를 널빤지 귀통이에 각각 잡아매어 고정시킨 다음, 복부의 한 중앙에 식칼을 깊이 꽂는다. 그리곤 두 손을 모아 아래로 쭉 긁어내리자, 형형색색의 내장들이 와르르 쏟아진다.

"아따! 여그 조까 보그라 이. 똥 덩어리가 똥구멍 근처에 몰려 있는 것 보니께, 숨넘어갈 때까지 되게 용을 썼는 생이다."

"……."

혀를 차는 신씨(영호의 부친). 하지만 그것은 결코 동정이나 긍휼함이 아니었다. 차라리 환호이자 쾌감이었다! 우리를 벗어나 멋대로 돌아다니는 돼지를 찍어 죽이겠다며 쇠스랑을 들고 쫓아다니던 사람, 한 수 물러주지 않는다며 상대 앞에서 바둑판을 들어 엎어 버리던 그. 그의 얼굴이 오늘따라 더욱 잔인해 보였다. 오씨가 육중한 엉덩이를 흔들며 내장을 끄집어내기 시작한다. 일순 긴장이 풀리고 화기애애한 기운이 감돌면서, 사람들은 소주잔을 기울이기 시작했다. 이어지는 덕담.

"아따, 고놈 참 되게 실허게 생겼네 이. 뭇을 맥앴간디, 요로코 살이 퉁퉁 쪘디야?"

"점빵에서 이것저것 처진거리 나오는 것도 많은 게, 고놈 다 주서 먹고 속살이 퉁퉁히 쪘구만."

"이 집에는 식구들 할라 많은 디다 차코 놉(일꾼)을 부래싼 게, 암만 해도 식은 밥도 많이 나오겄제."

"꾸정물만 맥애도 영양가가 솔찬헌 것이여."

"한 2백 근은 거든 나가겄넌 디?"

"문 소리여? 거진 3백 근 안 될랑가 모르겄네야. 벌써 두 배 새끼나 났닥 헌 게, 폴세 중돗은 냉겼다고 봐야제에."

신씨가 소주병을 들고 부리나케 돌아다닌다.

"쓰잘 디 읎는 소리 그만허고, 안주가 존 게 한잔씩 허란 게."

"카마이 조까 있으소. 허이, 고기 먹을라 술 먹을라 말 헐라… 혼 빠지게 생겼네, 요. 어째 조물주는 입을 하나만 만들어 놨으까 이. 이럴 때는 서너 개 있었으면 좋겄구만…"

"그것이사 먹을 때는 말 조까 허지 마라고, 그런 생 아닌가?"

"그런게 이. 그나저나 자네도 한 짐 허고, 주데이 깍 닫어버리소."

"입주데이 닫어버리먼, 산에 갈 일배키 더 남간 디?"

"그것이사 누구나 한 번은 가는 길 아닌가? 좆같 은 노모 시상, 먹고 죽은 구신은 때깔도 곱닥 안 허 든가?"

왜 이곳 사람들의 대화는 반드시 욕설로 끝나는 지 알 수 없었다. 그건 그렇고, 칼을 잡은 종길의 입 에 고기 한 점이 들어간다. 그는 옆 사람일랑 쳐다보 지도 않은 채, 입만 잠깐 벌렸다가 오물거린다. 목은 따로 잘라 놓은 상태. 네 개의 넓적다리에 식칼을 쑤셔 구멍을 낸 다음, 새끼줄로 꿰어 처마 밑에 달아 놓는다.

"한 개는 큰집, 또 한 개는 작은 집. 그리고 남치 기 두 개는 영호네 껏인 게, 그리 아씨요 이."

갈비뼈가 추려지는 동안에도, 각양각처의 살들

이 썰어져 소금에 찍어 먹히곤 했다.

"어이, 여그 목살 한 짐 해보소."

"자네나 먹소. 원래 돼아지 고기는 갈빗살이 젤 맛있는 법이여어."

"나는 비지나 맻 짐 더 먹을라네."

"허기사 비지를 먹어야 고기 먹은 것 같은 기분이 들기는 혀."

"살이사 팍팍해서 어디 먹겄든가? 이앙에 먹었단 소리 들을라면, 양썬 먹고 질려 버러야 허그든. 그럴라먼 작 것을, 비지로 양을 채와야제. 그러고 나면, 멍허니 매칠간 아무 생각도 안 나그든."

"돼야지 고기는 요로코 잡을 때, 그 자리서 먹는 것이 지 맛인 것이여. 요새는 몰라도, 여름 같은 때에 깐딱허면 빈해 버린 게."

"그런 게, 여름날 돼야지 고기는 잘해야 본전이란 말도 안 있든가?"

"먹고 찌로 간(탈이 난) 사람이 을마나 많다고?"

"익해버리면 맻 짐 먹도 못허고, 금방 물래 버린

단 게. 쌩차로 먹어야 고기 맛이 제대로 나는 디다 가, 또 양썬 먹을 수 있는 법이여."

"그나저나 거 이 집 막둥이 딸넘이 말이시. 아까 침에(조금 전에) 쌩고기 다루는 것 봤는가?"

"아따, 째깐헌 것이 솔찬허데 이."

"인자 여섯 살 배키 안 먹은 가시네가 앙근 자리 서, 한 근을 다 먹어 버리데."

"게 눈 감추드끼 때래 버리든가 안. 그나저나 누 구를 타개서(닮아서) 그러까?"

"누구 타개서 그런 것이 아니라, 식구들이 자조 먹다 본 게 그러제 어찐 단가? 고기도 먹어 본 놈이 잘 먹는다고, 말도 안 있든가?"

"깨 벗어 논 게 배만 뽈록 나와 갖고, 속살까장 시컴해 갖고 숨 씩씩 몰아심시로 고샅에 쫓아 댕기 는 것 보소 거. 허허이…."

《3》

　세상에…. 인간들 하곤. 조금 전까지 팔팔하던 하
나의 생명체가 저토록 처참한 모습으로 엎드러져
있는데, 객쩍은 소리들이 나올까? 녀석에게 가한
집단적 린치란 상상만 해도 몸서리가 쳐졌다.
　둔탁한 흉기로 정수리를 내리친 다음, 날카로운
칼로 숨통을 끊어 놓고, 삶의 원동력인 피를 모조리
빼버리고, 저항의 상징인 털을 제거하고, 육신의 버
팀목인 뼈를 꺾고, 욕망의 덩어리였던 살을 도려내
어 불로 지지고 볶는다. 그리고 다시 살아나는 불상
사가 생기지 않도록 소금과 고춧가루를 뿌리고, 날
카로운 이로 꼭꼭 씹어 조각을 낸 다음, 깊고 깊은
뱃속으로 꿀꺽 삼켜버린다. 잔인무도한 살육 행위
는 여기에서 멈추지 않는다. 시디 신 위산(胃酸)을
분비하여 형체도 없이 삭혀버린 다음, 알짜배기는
육신 곳간에 빨아들여 아예 자기 것으로 만들고, 쓸
모없는 찌꺼기만 똥으로 모아 밖으로 추방한다. 기

진맥진해진 그것은 척박한 땅에 내팽개쳐진 다음, 마지막 남은 희미한 양분마저 식물에 빼앗긴 채 온전히 썩고 문드러져 한 줌의 흙으로 돌아간다.

'과연 이보다 더 철저한 파멸이 있을까? 이보다 더 처절한 패배가 있을 수 있을까?'

그러나 잠시 웅크려 있던 그것은 화려한 재기를 꿈꾼다. 다른 것들의 영양분, 또 다시 새 생명을 먹이는 밑거름이 되어 그것들을 자라게 하고 살찌움으로써 화려한 부활의 영광을 맛보고야 만다.

'설령 그러지 않더라도, 그러리라 믿고 싶다. 왜냐하면, 그의 운명은 곧 나의 운명이기도 할 것이기에. 하나의 생명이 그렇게 무가치하게 없어져서는 안 될 것이기에….'

영호의 눈은 수평선 너머로 향했다.

'암퇘지의 존재는 흔적도 없이 사라지는 것이 아니었어. 또 결코 그리 되어서도 안 될 것이었어. 에너지 보존법칙처럼 이 우주 안에서 아무 것도 남김 없이 사라지는 일이란 있을 수 없기에. 이것은 불변

의 진리이다. 장구한 세월을 관통하며 어김없이 작
동되는, 엄숙한 자연의 메커니즘이다. 이 속에서 우
리는 숨쉬고, 먹고 마시며 살아가고 있다. 그럼에도
우리들 어리석은 인간들은 자신이 현재 순환과정
중 어느 사이클에 해당되는지 알지도 못한 채, 아니
물어보는 일조차 없이 바둥거리고 있다.'

영호네는 큰집, 작은집과 어울려 1년에 두어 차
례씩은 돼지를 잡았다. 식구들은 그때마다 먹고 마
시며 희희낙락거렸다. 하지만 영호의 경우, 널빤지
위에 드러누운 돼지를 볼 때마다, 간혹 엉뚱한 상상
을 하곤 했다.

'저 위에 누워 있는 건 돼지가 아닌, 바로 나다.
떡메로 얻어맞은 머리통은 아직도 감각이 얼얼한
데, 옷이 벗겨지고 털이 뽑힌 채, 온몸을 허옇게 드
러내고 수치스러운 모습으로 사람들 앞에 벌렁 드
러누워 있다. 사타구니를 드러낸 채. 사람들은 내
육체를 향해 달려온다. 손에는 식칼을 들고 눈에는
핏발을 세운 채, 숨을 씩씩거리며 달려온다. 그리고

는 내 몸을 사정없이 찌르고 목과 손, 발을 잘라 내고, 배를 갈라 창자를 꺼내고 내 살에 소금을 찍어 게걸스럽게 먹어댄다. 잔인하고 무자비한 그들 앞에서 나는 아무런 저항의 수단조차 갖지 못한 채, 숨을 헐떡이며 마냥 누워 있다. 날 잡아 잡수세요! 그러나 비록 몸은 꼼짝 못하지만, 의식만은 아직 뚜렷하여 통증을 그대로 느낀다. 아! 이 얼마나 처절한 고통이런가?'

　마루타. 생생히 살아 있는 중국 사람과 한국인에게 일제(日帝)가 행한 생체 실험. 눈을 부릅뜬 '통나무'가 팔딱팔딱 숨을 쉬고 있다. 가죽이 벗겨지고, 팔뚝과 코와 귀가 싹둑싹둑 잘려 나가는 고통 속에서 몸부림친다. 살점과 뼈들이 속절없이 떨어져 나가는 장면을, 아픔으로 지켜볼 수밖에 없는 상황. 고통에 일그러진 그의 얼굴을 들여다보며, 하얀 가운들은 박장대소를 한다. 마루타는 미소를 머금은 그들을 바라본다. 원망하고 증오할 기력도 없기에 그저 바라만 본다. 무표정으로. 그러다가 마침내 숨을 거둔다.

하나. 의업에 종사하는 일원으로서 인정받는 이 순간에, 나의 일생을 인류 봉사에 바칠 것을 엄숙히 서약한다.

하나. 나의 의술을 양심과 품위를 유지하면서 베풀겠다.

하나. 나는 환자의 건강을 가장 우선적으로 배려하겠다.

하나. 나의 환자에 관한 모든 비밀을 절대로 지키겠다.

하나. 나는 동료를 형제처럼 여기겠다.

하나. 나는 종교나 국적이나 인종이나 정치적 입장이나 사회적 신분을 초월하여 오직 환자에 대한 나의 의무를 다하겠다.

하나, 나는 생명이 수태된 순간부터 인간의 생명을 최대한 존중하겠다.

하나. 어떤 위협이 닥칠지라도 나의 의학 지식을 인류에 어긋나게 쓰지 않겠다.

분명 위와 같은 히포크라테스 선언문*을 낭독했을 의사는 두꺼운 안경알을 추켜올리며, 열심히 무언가를 기록한다. 신호에 의해 마루타(통나무)가 치워지고, 그 즉시 새로운 마루타가 옮겨져 온다. 그리고 똑같은 짓이 되풀이된다.

　　'나는 마루타다! 나는 암퇘지다!'

　　의사는 마루타를 기록하고, 역사는 바로 그 의사를 기록한다.

　　(마루타는 일본어로 통나무를 뜻한다. 1932년에 설립된 731부대는 일본제국 육군 소속 관동군 예하의 비밀 생물전 연구 및 개발 기관으로, 중국 헤이룽장 성 하얼빈에 있었다. 세균학 박사인 이시이 시로 중장과 그

---

*　의학의 아버지 히포크라테스에 의해 쓰인 이 선서는 의학 윤리를 담은 가장 대표적인 문서 중 하나로서, 기원전 5세기에서 4세기 사이에 기록되었다고 알려져 있다. 오늘날에는 보통 이 내용을 수정한 〈제네바 선언〉이 읽히고 있다. 1948년 스위스의 제네바에서 개최된 세계 의학협회 총회에서 채택된 이 〈제네바 선언〉은 1968년 시드니에서 개최된 제22차 세계 의학협회에서 최종적으로 수정 작업을 거친 후 완성되었다. 이 글에 나온 내용은 〈제네바 선언〉이다.

휘하의 731부대 등은 1945년까지 인간을 통나무로 취급하면서, 인체실험을 행하였다. 그 대상은 민간인과 군인으로 모두 1만 명의 중국인과 조선인, 몽골인, 러시아인이었다. 일부 미국인과 유럽인 등 연합군 전쟁 포로가 731부대의 손에 죽었다. 실험에는 남녀노소를 불문하고, 심지어 임산부까지 동원되었다. 수많은 실험과 해부가 살아 있는 상태에서 마취 없이 이뤄졌고, 이는 실험 결과에 영향을 주지 않기 위해서였다. 731부대와 관련된 많은 과학자가 나중에 정치, 학계, 사업, 의학 부문에서 큰 성공을 거두었다. 일부는 소련군에 체포되어 하바로프스크 전범 재판에 회부되었다. 미국에 항복한 자들은 그들이 가지고 있던 자료를 제공하는 대가로 사면을 받았다.)

딸콩이

《1》

"여보! 인호가 요즘 들어 외롭다는 말을 자주 해요."

"일곱 살짜리가 벌써부터 외롭다고?"

"유치원에 가면 모두 형이나 누나, 동생이 있는데, 자기만 혼자이다 보니 그런 것 같아요."

"그럼 어떡해? 당신이야 진작 단산해버렸잖아?"

"첨에는 동생 하나만 낳아달라고 조르더니, 어제부터는 애완견을 하나 사달라고 조르네요."

"애완견? 좁은 아파트에서 개는 무슨 개야?"

상민의 경우, 개에 대한 추억은 그리 향기롭지 않았다. 어렸을 적 동네 고샅에서 개에게 쫓긴 일은 다반사였고, 똥개한테 종아리를 물린 일도 있었다. 그것도 똥을 잔뜩 문 입에 의해.

비 오는 날 아침, 친구를 찾아갔다가 마당 초입에서 당한 일이었다. 설마하며 옆으로 비켜서 걷다가 마침 '식사 중'이던 녀석의 노여움을 샀고, 결국 된장을 찍어 바름으로써 상처 부위가 성나는 것을 막을 수는 있었다. 그 후로 개라면 무조건 싫었다. 노려보며 으르렁대거나 꽁무니를 쫓아오는 공포의 순간도 싫고, 서로의 꼬리를 마주 댄 채 침을 흘리며 교미하는 장면도 싫었다. 하지만 2년 전, 제 누나를 화마(火魔)에 빼앗긴 녀석의 고독을 충분히 헤아릴 수 있었던 데다, 자식 이겨 먹을 도리도 없고 하여 흰둥이 한 마리를 들여왔다.

그러나 녀석은 결코 애완견이 아니었다. 시도 때도 없이 먹어대는 식욕은 앙증맞았던 몸뚱이를 어느새 송아지만한 몸집으로 불려 놓았고, 길게 자라난 앞발은 식탁 위에 올려 함께 밥을 먹으려는 무례로 연결되었다. 호되게 야단치려 하다가도 불어난 덩치가 앞을 막으면 주눅이 들었다. 속으로 들어가는 양이 많다보니 밖으로 나오는 양도 자연 많아졌는데, 대소변마저 아무 데나 뿌리고 다니기 일쑤였다. 형편이 이에 이르고 보니, 과연 저것이 식구들을 즐겁게 해주는 '기쁨조'의 일원인지, 도리어 불편을 초래하는 성가신 존재인지 판단이 서질 않았다.

녀석에 대한 회의감이 높아가던 어느 한밤중. 잠결에 사각거리는 소리가 들려 거실로 나가보았다. 세상에! 벽 모서리의 도배지를 갈기갈기 찢어 놓고는, 그것도 모자라 훤히 드러난 나무 조각을 물어뜯고 있지 않은가?

"야! 저건 애완견이 아니라, 차라리 웬수야. 이러다가 아닌 말로, 우리 집 기둥뿌리 다 뽑히겠어."

그 사건은 상민이 비장한 결단을 내리는 데 결정적인 역할을 했다. 녀석의 유배지는 백운동 끝자락의 산등성이에 자리한 카리타스 수녀원. 그러나 녀석을 보낸 지 며칠이 못 되어, 인호가 또 조르기 시작한다는 소식이 들려왔다.

"뭐야? 또 외롭고 고독하대?"

"처음부터 혼자였으면 차라리 괜찮은데, 지 누나가 있다가 없으니까 더 그런 것 같아요."

"참 나. 횐둥이를 다시 들일 수는 없고, 정 그러면 작고 귀여운, 진짜 애완견을 사오도록 해."

우여곡절을 거쳐 생후 3개월짜리 요크셔테리어* 암컷 한 마리가 애견 하우스로부터 봉선동 아

---

* 요크셔테리어(Yorkshire Terrier): 작고 귀여운 얼굴과 반짝이는 긴 털을 갖고 있는 요크셔테리어는 '요키'라는 귀여운 약칭으로도 불리며, 국내에서 많이 키우는 품종 1, 2위를 다툰다. 똑똑하고 사랑스러운 가족이 될 수 있는 훌륭한 자질을 갖고 있다. 주인을 잘 따르고 가끔은 사납게 짖으며, 집을 잘 지키기도 한다. 하지만 고집이 세고 영악한 부분이 있어서, 자칫 집안의 버릇없는 공주나 왕자가 될 수 있으므로 주의해야 한다.
크기는 20~23cm, 몸무게는 3kg 전후이며, '움직이는 보석'이라는 별칭을 가지고 있다.

파트로 보내졌다. 이름은 인호의 이름에서 어질 인
(仁) 자를 따, 인희로 지어졌고.

학교에서 돌아와 강아지를 발견한 순간, 인호는
좋아 어쩔 줄 몰라 했다. 그 모습을 바라보노라니,
아들을 위해 억지로라도 정을 붙여야겠다는 생각
이 들었다. 처음에는 만지는 것조차 싫었다. 하지만
시간이 갈수록 고맙게도, 정이 들기 시작했다. 하는
짓이 너무 귀엽고 앙증맞았던 것.

"하하…. 그것도 몸이라고 이리저리 흔들질 않나,
사람을 멀뚱히 쳐다보질 않나…."

그러다가 쪼르르 달려와 안기는 장면이랄지, 인
호랑 장난치는 모습은 행복한 가정의 전형(典型)을
보는 것 같아 마음마저 훈훈해졌다.

"당신도 좋지요? 그래서 다 애완견을 키운대요."

"좁은 아파트에 뭐 하러, 돈 들여가면서까지 개
를 키우나 했었지."

"사람 하나 들어온 것 같잖아요?"

그러나 석 달쯤 지났을까. 온 가족의 사랑을 한 몸에 받던 녀석이 어느 순간부터 시름시름 앓기 시작했다. 사료도 먹지 않고 가만히 엎드려 있다가, 시간만 나면 쿨쿨 낮잠을 잤다. 야위어 가는 녀석의 몸뚱이를 보다 못해, 동물병원을 찾았다. 수의사는 병의 원인을 찾아내지 못한 채, 고개만 갸우뚱거렸다. 그 복잡한 사람의 몸도 샅샅이 뒤져 온갖 질병을 다 진단해내는 세상에, 이 작은 몸뚱이의 고장 난 부위 하나를 집어내지 못하다니. 몇 군데를 더 돌아다녔으나 소득은 없었다. 할 일 많은 이때에 이 까짓 일로 온종일 매달려야 하는 스스로의 처지가 한심하게 느껴졌다.

'이까짓 개 한 마리가 뭐 대수란 말인가? 돈 몇 푼 주고 사면 될 것을….'

하지만 정(情)이란 물질로 교환되는 것이 아니지 않은가? 사랑은 흥정의 대상이 아니지 않은가? 생명이란 돈을 주고 사는 것이 아니지 않은가 말이다! 돈으로 사는 것은 그 생명을 돌볼 수 있는 권리뿐.

'맞아. 그래서 나는 그 권리를 찾고자 하는 거다. 내가 조금만 더 정성을 기울이면, 천하와도 바꿀 수 없는 귀한 생명 하나를 얻을 수 있다.'

힘을 내어 백방으로 수소문을 해보았다. 그러나 모든 것이 허사.

'혹시 그 일 때문에?'

인정하기 싫어 기억에서조차 지워버리려 했던 그 사건. 며칠 전, 동물병원에 갔다가 연구실에 들렀었다. 녀석을 책상 위에 올려놓은 채 잠깐 전화를 받고 있는데, '툭!' 하는 소리가 들렸다. 깜짝 놀라 내려다보니, 골드릅 바닥에 떨어져 죽은 듯 엎드러져 있는 육신 하나. 가슴이 철렁 내려앉았다. 재빨리 집어든 몸뚱이의 눈은 반쯤 감긴 채였고, 널브러진 육체는 미동도 하지 않았다. 귀를 기울여보니, 가느다란 소리가 들렸다.

'아! 숨은 붙어있구나.'

건강한 몸이라면 순발력 있게 대처했을 것이지만, 방어능력이 떨어지다 보니 짧은 낙하 거리에서도 큰 타격을 입은 게로구나. 일의 자초지종을 아내에게 설명하려다가 그만두었다. 틀림없이 벼락을 칠 텐데, 군이 사단을 만들고 싶지 않았던 것. 그보다는 한시 바삐 인희의 병을 낫게 하는 것이 급선무라 여겼다. 그리 되면 모든 것이 유야무야 넘어가리라 판단했다. 곧 나아지려니 했다. 엄청난 실책이 덮어지기를 희망했다. 결정적인 사인(死因)으로 밝혀질지도 모를 그 어마어마한 실수가 영원히 땅속에 묻히기를 바랐다. 하지만 녀석의 상태는 악화일로를 걷고 있었으니.

'아! 편작*과 같은 천하의 명의(名醫)는 어디에

---

* 편작(扁鵲): 전설적인 명의(名醫). 이름은 진월인(秦越人)으로, 중국 전국시대의 의학자이다. 장상군(長桑君)에게 의학을 배워 금방(禁方)의 구전과 의서를 받아 명의가 되었고, 괵나라(기원전 655년 멸망) 태자의 급환을 고쳐 죽음에서 되살렸다는 이야기와 제나라 환공(桓公)의 안색만을 보고 그 병의 원인을 알아낸 이야기 등이 유명하다. 무술(巫術, 무당 등이 쓰는 술법)로 병을 고치는 것을 반대하고, 고대부터 내려오는 의술과 민간의학을 취합하여 독특한 진단법을 만들었다. 사람의 얼굴빛과 소리만 듣고도 병을 진단할 정도로 신통하여, 민간에서 신의(神醫)로 받들어졌다. 그를 시기한 진(秦)나라의 태의령(太醫令) 이혜(李醯)의 흉계로 암살당했다고 한다. 그러나 편작도 고치지 못하는 여섯 가지 병이 있는데, 첫째는 교만한 환자, 둘째는 몸보다 재물을 더 중시하는 환자, 셋째는 무당을 더 많이 믿는 환자, 넷째는 옷과 음식을 가리지 못하는

있단 말인가? 과연 이대로 한 생명을 포기해야 한단 말인가?'

기도하는 심정으로 찾아간 마지막 동물병원은 전신전화국 건물에서 전남여고로 향하는 골목 오른쪽에 자리하고 있었다.

"선생님! 이곳이 여섯 번째입니다. 돈은 얼마가 들든지, 제발 이 녀석을 살려만 주십시오!"

그러나 녀석의 두개골 근처를 주물럭거리던 수의사는 고개를 설레설레 흔들었다. 그가 가리키는 곳을 만져보니, 물컹거리는 뼈가 느껴졌다.

"애완견을 살라믄, 젤 먼저 여그 이 정수리 쪽을 눌러 봐야 헌단 게라우. 다 그런 것은 아닌 디, 어쩌다가 천성적으로 여그가 무른 개가 있그든. 이런 개는 십중팔구 명이 짧어."

일종의 사망선고가 내려지는 순간, '뭐 그런 경우가 다 있어요?'라 소리치고 싶었다. 하지만 입을 다

환자, 다섯째는 삶에 균형이 잡히지 못한 환자, 여섯째는 음양의 평형(平衡)이 깨진 환자라고 한다.

물었다. 그의 전문 지식을 인정해 주어야 했고, 불필요한 항의의 몸짓에 불과함을 깨달았기 때문이다. 무엇보다 내 탓만은 아니로구나 하는 생각에 도리어 마음이 편해졌다.

'그래. 그랬구나. 어쩔 수 없는 운명, 팔자로구나.'

허탈감과 안도감의 이중적인 감정을 안은 채 돌아왔고, 식구들에게는 마음을 비우라는 충고를 던졌다.

10월의 마지막 날 밤, 셋은 거실에 앉아 인희를 지켜보고 있었다. 제법 쌀쌀해진 날씨에 보일러가 가동 중이었지만, 날짜가 주는 의미만큼이나 상민은 무언가 음산한 기운을 감지하고 있었다. 하지만 자신의 운명을 아는지 모르는지, 녀석은 두 발을 앞으로 모으고 잔뜩 웅크린 채 눈을 깜박거렸다. 밑으로 보일러 관이 지나가는 기둥 근처의 바닥에는 녀석의 작은 몸을 얹은 수건이 깔려 있었다. 한순간, 스르르 녀석의 눈이 감기려 했다. 무슨 생각이 들었는지, 인호가 마구 깨우기 시작했다.

"인희야, 일어나!"

"······."

"눈 떠. 눈 뜨라니까!"

성화에 못 이겨 간신히 눈을 뜬 녀석은 몸을 쭉 펴 기지개를 한번 켜더니, 셋을 찬찬히 살피기 시작했다. 까만 눈동자 속에 셋의 그림자가 어른거렸다. 다시 웅크린 녀석의 몸에서 두 눈이 또 감기려 했다.

"인희야! 눈을 떠. 눈을 뜨라고!"

그러나 억지로 벌어진 녀석의 눈은 이렇게 말하고 있었다.

'어쩔 수 없이 이젠 이별이어요. 그동안 행복했어요. 감사해요. 사랑해요. 안녕!'

꿈결처럼 눈이 감기고, 이내 몸이 옆으로 픽 쓰러졌다.

"인희야! 인희야…"

인호는 녀석의 작은 몸뚱이를 안고 울부짖었다. 억지로 빼앗아 만져보니, 넋이 빠져나간 육체는 급속히 식어가고 있었다.

'아! 이것이 삶과 죽음의 경계선인가? 불과 몇 분 전만 해도 함께 숨을 쉬고 함께 서로를 느끼던 한 생명체가 이젠 영영 다른 세상으로 떠났단 말인가?'

사랑하는 딸 혜은이 세상을 떠날 때도 그랬었다. 어느 날 초등학교 1학년 아이가 얼굴이 창백해진 채로 집에 들어왔다. 학교에서 머리가 어지러워 혼났다며 침대에 누웠다. 도저히 안 되겠다 싶어 양림동 기독교병원으로 향했다. 엑스레이를 찍고 혈액검사를 한다며 몇 시간을 허비한 주치의는 백혈병* 증세가 있다고 하는 무시무시한 선고를 내렸다.

"어떻게 치료해야 하지요?"

"골수 이식(조혈모세포 이식)을 하면 되는데, 좀 늦은 것도 같고요. 만성인지 급성인지 좀 더 지켜봐야

---

* 백혈병: 우리 몸속의 혈액 세포 가운데 백혈구에 발생한 암으로서, 비정상적인 백혈구가 지나치게 늘어나 정상적인 백혈구와 적혈구, 혈소판의 생성이 억제되는 병이다. 이렇게 되면 면역저하로 인하여 세균감염에 의한 패혈증을 일으킬 수 있고, 빈혈 증상(어지러움, 두통, 호흡곤란)을 가져오며, 출혈 경향을 일으키기도 한다. 또한 고열과 피로감, 뼈의 통증, 설사, 의식저하, 호흡곤란, 출혈 경향을 일으킬 수도 있다.

겠습니다만, 만성인 경우에는 약물로 치료도 가능하고요. 급성인 경우에는 항암치료를 해야 합니다. 물론 완치된다고 장담할 수는 없고요. 기간도 1년이 걸릴지 10년이 걸릴지 알 수 없고요."

'그런 대답이 어딨어요?'라고 소리 지르고 싶었지만, 꾹 참았다. 그 후로 골수 이식은 실패했고, 항암치료 역시 부작용과 고통만 가져왔다. 머리가 다 빠진 모습으로 3개월을 버티던 혜은은 어느 날, 황망히 하늘나라로 떠났다. 그 후로 상민 부부의 가슴은 작아질 대로 작아졌다. 어떤 종류의 것이건, 죽음 앞에서는 마음이 무너졌다.

깨끗한 수건을 골라 녀석의 주검 아래에 깔았다. 축 늘어진 시신을 정돈하고 바라보고 있노라니, 비로소 주르륵 눈물이 흘렀다. 녀석의 마지막 표정, 무언가 말하고 싶어 하던 그 안타까운 눈동자가 가슴을 후벼 팠다.

딸도 그랬었다. 소독약 냄새가 밴 병실에서 친구가 선물한 모자를 쓴 채로 아빠를 쳐다보았다. 쳐다

보는 그 눈빛에 그림자가 어른거렸다. 뭔가 알 수는 없었지만, 괴기(傀奇)스런 기운이 그 아이의 몸을 감싸고 있었다. 아빠로서의 직감이었을 수도 있고 그렇지 않을 수도 있지만, 상민은 몸서리를 쳤다. 봄이 오고 날씨가 따뜻해지면 함께 패밀리 랜드 구경 가자고 달래며 위로했었다. 네가 좋아하는 하드도 맘껏 먹게 해 주겠다 약속했었다. 하지만 작은 몸뚱이, 여린 마음에 침입한 몹쓸 병은 끝내 딸을 놓아 주지 않았다.

"내 잘못이야. 혜은이 유치원 다닐 때부터 피곤하다 했을 때, 알아봤어야 하는데…."

"아니어요. 살피지 못한 내 죄가 크지요."

상민 부부는 서로 자신의 탓이라 자책했었다.

'인희가 속절없이 눈을 감은 것 역시 내 탓이려니. 그때 책상 밑으로 떨어지지만 않았더라도. 아니, 그게 아니고 인희는 천성적으로 오래 살지 못한다 했잖아?'

아! 이럴 줄 알았으면, 차라리 정이나 주지 말 걸. 어느 날 갑자기 나타나 모질고 강퍅한 내 가슴에 사랑을 심어놓고, 떨어지는 낙엽처럼 그렇게 가버리다니. 어느새 녀석을 좋아하게 된 자신이 원망스럽기까지 했다. 인호가 울다가 잠이 든 후, 둘은 거실에 누운 채 거의 뜬눈으로 밤을 새웠다. 서로 말은 하지 않았으되, 생각은 한 가지였으리라. 예쁘고 귀엽고 사랑스러운 모습이 어쩜 둘이 그렇게도 닮았을까. 어쩌면 그렇게도 사람 속을 긁어놓고 떠날 수 있을까.

이튿날 아침, 거울을 바라보니 눈이 퉁퉁 부어 있었다. 싸늘해진 시신을 안고 집을 나섰다. 소매를 붙잡고 울부짖는 아들 녀석을 간신히 떼어놓고, 무등산 초입 증심사 쪽으로 차를 몰았다. 운림동 근처를 지나는데 자꾸만 차창이 흐려졌다. 웬 비가 내리나 싶어, 윈도우 브러시를 작동시켰다. 그러나 그것이 흐르는 눈물이었음을 한참 후에야 알아차렸다.

입구 주차장에 차를 세우고 찬바람이 들어가지

않도록, 또 다른 사람의 눈에 뜨이지 않도록 시신을 잠바 속 깊숙이 집어넣었다. 이미 싸늘해진 작은 육체이건만, 무방비로 노출시킬 수는 없을 터. 물론 불결하다는 느낌은 전혀 받지 않았다. 식당이 늘어선 거리를 지나, 개울을 가로지르는 다리 앞에 다다랐다. 직진하여 절 쪽으로 올라갈 것인가 아니면 왼쪽으로 방향을 꺾을 것인가? 잠시 망설이다가 사람들의 왕래가 뜸할 것 같은 왼편 길을 선택하였다.

'세상 잡소리가 들리지 않는 곳, 이왕이면 조용하고 아늑하여 쉬기에 편한 곳, 그리고 가급적 햇볕이 잘 드는 쪽에 묻어주자!'

그렇다고 거리가 너무 멀면 이 담에 들르는 일이 싫어질 것 같아, 깎아지른 듯한 왼편 산길로 방향을 틀었다. 그리고 식별하기가 용이한, 제법 커다란 바위 근처에 터를 잡았다. 화분갈이용 삽으로 땅을 파는 동안 새삼 눈물이 솟았다. 작은 몸뚱이를 구덩이에 내려놓은 다음, 눈을 감았다.

'인희야, 잘 가거라. 병도, 고통도 없는 곳에 가서

부디 행복하게 잘 살아라!'

혜은이 세상을 떠났을 때, 상민 부부는 시신을 따라가지 못했다. 효령동 영락공원 화장터에도, 재를 뿌리는 담양 무정리 앞산에도 동행하지 못했었다. 하늘이 무너지고 땅이 꺼지는 충격 속에서 그런 일은 엄두조차 내지 못했거니와, 주변에서 알려주지도 않았다. 그리고 그때에는 그 일이 대수롭지 않게 여겨졌었다. 하지만 시간이 지날수록 마지막 장면이라도 보아둘 걸 하는 생각이 많이 들었다.

'그래. 비록 마지막 작별의 인사는 못했을지라도, 언젠가 기회가 주어진다면 너의 빈 무덤이라도 만들어주마. 그리고 그곳에 봉분과 비석이라도 세워주마. 앞에 영정 사진이라도 놓아두마. 그리고 못 견디게 보고 싶으면, 찾아가 실컷 울기라도 하마.'

영원히, 오랫동안 함께 살 줄로 알았는데, 그토록 허망하게 떠나가다니. 앞으로는 절대로 애완견을 키우지 말자! 상민이 산을 내려오면서 내린 결론은 그것이었다. 인호는 여전히 징징대고 있었다.

'암만 네가 그래 봐야 소용없어. 난 절대로 개를 키우지 않기로 맘먹었으니까!'

《2》

그러나 정확히 이틀 후 저녁 무렵, 수희는 다시 요크셔테리어 한 마리를 안고 들어왔다. 아들 녀석의 성화에 견딜 수 없었다는 것.

"두문불출에 식음까지 전폐한다는데 어떡해요? 유치원도 안 가겠다고 통을 파니. 너무 어린 개를 데려오면 속상할 일이 많다고 해서, 이번에는 두 살배기를 샀어요. 딸콩아, 이리 온!"

"뭐야? 딸콩이가 이름이야?"

"좋지요?"

"개 이름이 뭐 그래? 톰이나 메리도 아니고, 그렇다고 땅콩도 아니고. 딸콩이가 뭐야? 딸콩이가. 촌스럽게…."

듣지도 보지도 못한 이름, 국어사전이나 소설 속

에서조차 나올 것 같지 않은 희한 찬란한 이름, 딸콩이. 생긴 것도 어쩐지 음흉하게 보이는 데다 이름까지 도시적인 것과 한참 거리가 멀어, 초장부터 영 맘에 들지 않았다.

"애견하우스 주인 하는 말이, 그 이전 집에서 그렇게 불렀다는데 어떡해요? 딸콩이라 불러야 돌아보기도 하고 오기도 하는데, 호적을 바꿔 개명할 수도 없는 노릇이고. 도리가 없잖아요?"

"……."

그래. 그렇지. 할 수 없는 노릇이지. 하기야 데고 물린 경험 때문에 애초부터 정을 붙이지 않으려 하는 판국에, 이름 따위가 무슨 상관이람.

"그래도 애완견마다 한 가지 '예쁜 짓'은 하거든요."

"그게 뭔데?"

"우리 딸콩이의 경우는 기분이 좋을 때, 제자리에서 마구 도는 것이래요."

"돌아? 왜?"

"그걸 내가 어떻게 알아요? 가만있어 봐요."

재미있는 녀석이다 싶어 조금은 호기심이 일었다. 아니나 다를까. 수희의 신호가 떨어지기가 무섭게 녀석은 제자리를 빙빙 돌기 시작했다. 보는 사람이 어지러울 지경. 나중에는 스스로도 어지러웠든지, 반대로 돌기 시작했다. 그 장면 앞에서 인호는 배꼽을 잡았다. 상민 역시 따라 웃는 동안 인희에 대한 아픈 기억도 싹 달아나는 느낌을 받았다.

'맞아. 인희가 죽지 않았더라면, 우리가 어찌 너를 만날 수 있었겠느냐? 이걸 두고 사고(思考)의 전환이라 하던가? 뒤집어 생각해 보면, 쓰라린 아픔도 약이 될 수 있다. 전화위복(轉禍爲福)이요 새옹지마(塞翁之馬)려니. 낙하하는 것은 곧 상승하는 것이요, 죽음은 부활을 약속하나니.'

딸을 떠나보낸 후, 주변에서는 아이를 하나 더 낳으라 했었다. 그러면 지난 일이 잊어진다고, 그리하노라면 아픔도 치유된다고. 그 말에 코웃음을 쳤었다. 잊을 수 없노라고, 잊어서는 안 된다고. 왜 우리가 그 아이를 잊어야 하느냐고. 그러다가 서울의 유명 대학병원 몇 군데를 돌았다. 복원 시도는 실패로 돌아갔고, 부부는 아들 하나만 잘 키우자며 마음을 다졌다.

'그때, 어느 날 눈앞에 나타난 이 딸콩이처럼 돈을 주고 살 수 있었다면, 억만금이라도 좋으니 내 사랑하는 딸을 다시 불러올 수만 있었으면 얼마나 행복했을까?'

그러나 녀석의 성격은 첫인상에서 느껴진 그대로, 상당히 까칠한 데다 냉소적이기까지 했다. 아무리 오라 손짓해도 오불관언, 아무리 소리를 질러도 묵묵부답. 어쩌다 품에 들어왔다가도 화롯불에 덴 듯 황급히 뛰쳐나가곤 했다. 애완견의 '본분'을 망각한 채, 주인을 향해 짖어대거나 신경질적으로 대하는 일 또한 비일비재했다. 주객(主客)이 전도(顚倒)되고 본말(本末)이 뒤집어지는, 이 참혹한 현실.

"나 참. 누가 누구 비위를 맞추어야 하는지 모르

겠네. 아이, 이왕에 고를 바에야 잘 좀 고르지 그랬어?"

"처음이라 신경이 날카로워져서 그럴 거여요. 딸콩이가 인희하고 가장 많이 닮은 데다, 얼굴도 잘생겼더라고요."

"개에게 무슨 얼굴이 있어?"

"움마! 당신도. 자, 보세요. 눈도 쌍카풀 지고요, 코도 오똑한 편이고요, 입도 오목오목하잖아요?"

"난 잘 모르겠는데?"

"당신은 남자라 그래요. 아무튼 이목구비가 뚜렷하고 얼굴도 작은 데다, 또 전체적으로 균형이 잡혔잖아요? 이만하면 미인 축에 드는 거여요. 아마 미인 콘테스트가 있으면 입상하고도 남을 걸요. 그리고 주인이 그러는데, 아주 영리하대요."

"영리하긴. 그래봐야 개지 뭘. 설마 아이큐가 엄청 높다든지 그런 말 하려는 건 아니지?"

"아이큐는 잴 수 없지만, 희한한 것은요. 처음에는 나를 거들떠보지도 않다가 주인하고 흥정이 끝나자마자, 나한테 막 꼬리를 치는 것 있지요? 딸콩이만 그러는 것이 아니고, 대부분 다 그런대요. 자기에 대한 소유권이 다른 사람에게 넘어간 줄 아는 거지요. 개들이 얼마나 눈치가 빠르고 영리한지, 웬만한 사람보다 낫다니까요."

"그건 영리한 것이 아니고 약삭빠른 거지. 사람도 그런 종류 있잖아? 판세 따라서 이리 붙었다 저리 붙었다 하는 놈들…."

집안에 우환이 닥쳤을 때, 어떤 사람들은 그랬다. 상민의 부친 유씨의 성격이 너무 급한 데다 타협할 줄 몰라서 그렇다고. 굽힐 줄 모르니 부러질 수밖에 더 있겠느냐고. 시류 따라 이리저리 부대끼며 살면, 얼마나 좋겠느냐며. 양심이 밥 먹여주며, 정의가 돈 갖다 주냐며. 그렇게 유씨의 비위를 맞추려던 사람들은 역시 '시류' 따라 멀어져 갔다.

부전자전이라더니, 상민 역시 남에게 아쉬운 소리 할 줄 몰라 애를 먹었다. 부패하고 타락한 세상과 손을 잡는 것은 자신의 존재를 부정하는 것이라 믿었다. 하지만 세상의 질서를 초월하는 그 비극 앞에서, 우주천지가 뒤집어지는 그 불행 앞에서 상민은 스스로를 꺾었다. 양심이니 도덕이니 정의니 하는 낱말에 집착하지 않기로 맘먹었다. 뚜렷한 실체도 잡히지 않는 그 허망한 이데올로기에 몸을 맡기지 않기로 작정했다. 하여 학장에게, 교수들에게 아양을 떨었다. 선물도 갖다 바치고 마음에 없는 소리로 충성을 맹세하기도 했다. 그리고 올 초, 정식으로 대학교수 임명장을 거머쥐었다.

상민의 비아냥거림에도 아내 수희의 딸콩이 변호는 그침이 없었다. 녀석의 까칠한 성격 역시 타고난 천성이라기보다 후천적인 환경 탓이라나. 며느리하고 시어머니가 함께 사는 집에서 들여왔는데, 며느리가 집 밖에 나가기만 하면 시어머니가 쥐어박는 통에 일종의 피해의식을 갖게 되었다나.

"그래서 며칠 전 어머님이 올라오셨을 때, 그렇게 유난히도 짖어댔던 거구요. 어머님을 보면, 옛날 그 집의 시어머니 생각이 나는가 봐요."

"난 죄송해 죽겠던데. 그러잖아도 좁은 아파트에 괜한 돈 들여 개 키운다고 뭐라 하시는 분에게 막무가내로 짖어댔으니."

박씨의 입장에서는 녀석의 푸대접을 세 식구 모두의 자신에 대한 그것으로 받아들였을 수도 있을 터.

"어머님도 나중에는 이해하셨을 거예요. 어떻든 딸콩이는 주인에게서 사랑을 받아보지 못해, 쉬이 사람에게 안긴다거나 애교를 부리지 못하는 거예요. 환경 탓에 성격이 좀 괴팍해졌을 뿐, 본심은 착한 애라고요. 그래서 우린 무조건적으로 사랑을 베풀어야 해요. 그래서 딸콩이가 받은 상처를 치료해 주어야 한다고요. 요즘 유행하는 말로 힐링을 해주어야 한다니까요."

'우리가 녀석을 치료해 주어야 한다고? 녀석으로부터 치료를 받는 게 아니고? 우리 가족에게도 힐링은 필요할 텐데? 어떻든 오늘 보니, 사랑의 전도사가 따로 없구만. 그래. 어쩌면 아내는 지금 딸콩이에 대한 사랑을 딸에 대한 그것과 동일시하고 있는지도 모른다. 100원짜리 하드 하나를 맘껏 사주지 못한 일 때문에 더욱 가슴이 미어지게 하는 아이, 유난히 눈이 커서 금방 눈물이 그렁거리던 그 아이를 황망히 하늘나라로 떠나보낸 그 아픔을, 딸 콩이를 통해 치료받고 싶은지도 모른다!'

텔레파시*가 통했다고 해야 하나, 염화시중의 미소**라고 해야 하나? 식구들의 사랑이 이심전심으로 전달되었는지, 녀석 역시 서서히 마음의 문을 열기 시작했다. 제 이름을 부르면 침대 위로 팔짝 뛰어오르기도 하고, 먹을 것을 주면 그 자리에서 한 바퀴 뼁 돌고나서 받아먹기도 했다. 일부러 화를 내는 척 하면 장난인 줄 알아 앙탈을 부리다가도, 정말 낌새가 심각하다 싶으면 납작 엎드렸다. 그리고

---

* 텔레파시(telepathy): 두 사람 사이에 오감을 사용하지 않고 생각이나 감정을 주고받는 심령능력.
** 염화시중(拈華示衆)의 미소: 석가모니가 연꽃을 들고 대중들에게 보이자, 제자 가섭만이 그 뜻을 알아차린 데서 유래된 고사성어. 말이나 글에 의하지 않고, 마음에서 마음으로 도(道)를 전한다는 뜻.

급기야는 인호와 숨바꼭질까지 하기에 이르렀으니.

물론 스스로의 몸을 숨길 줄은 몰랐다. 하지만 찾아내는 역할은 충분히 해내고도 남았다. 인호가 몸을 숨기는 것을 기다려 "오빠 찾아 봐!"라고 신호를 보내면, 이곳저곳 코를 킁킁거리고 다니며 열심히 찾는 시늉을 했다. 소풍날 보물을 찾아 나선 아이 같기도 하고, 공항에서 마약을 찾아내는 탐지견 같기도 하고. 이리저리 부리나케 돌아다니는 몸짓이 너무나 귀엽고 앙증맞았다. 마침내 벽에 붙어 서 있는 인호를 찾아내면 다리와 몸통을 따라 쭈욱 올려다보고, 그러다가 눈이 마주치면 꼬리를 흔들며 제자리를 뱅뱅 돌았다. "딸콩아, 어지럽다. 반대로 돌아봐."라고 소리를 지르면, 또 반대로 돌았다. 그 모습이 재미있고 사랑스러워, 시간 가는 줄을 몰랐다. 세상에! 이렇게 좋은 놀이상대가 또 있을까?

"아무리 비싼 장난감이라도 며칠 지나면 싫증이 나기 마련인데, 살아있는 생물이다 보니 항상 새롭네요."

"그러게. 말만 못한다 뿐이지, 저렇게 희로애락의 감정을 표현할 수 있으니 사람과 다를 바가 없는 것 같아."

"다를 바가 없는 게 아니고, 똑같다고 봐야지요. 감정이나 느낌은 오히려 사람보다 더 낫고요. 말을 못하는 것이 아니고, 그 말을 사람이 못 알아듣는 것 뿐이어요. 또 사실 도덕적으로 악한 개는 없거든요. 그래서 '개만도 못한 인간'이란 말이 있는가 봐요."

"일부러 남을 해치거나 괴롭히는 개는 없으니까. 그런데도 개를 잡아먹는 사람들이 그렇게 많으니. 어떻게 보신탕이란 간판을 버젓이 내걸고 장사하는 사람들이 있는지."

"어디 그것뿐이어요? 여러 사람들 보는 앞에서, 몽둥이로 때려잡고 불로 태우고. 아이구! 끔찍해. 딸콩이를 그렇게 한다고 상상해보세요."

"있을 수 없는 일이지. 그것 때문에 지난번 88올림픽을 보이콧한다는 말이 나왔잖아? 프랑스 여배우가 말이야. 그때에는 이해를 못했는데, 지금은 알 것 같아. 애완견을 한 식구로 생각하는 서양 사람들 입장에서는 우리를 야만인 취급할 수밖에 없었겠지. 당신 같으면 딸콩이를 잡아먹겠어? 물론 우리 나라 사람들이 잡아먹는 개하고, 집에서 기르는 개가 다르긴 하지만."

"뭐가 다르대요?"

"흔히 똥개라 불리는 개는 구(狗)라는 한자를 써서 구탕이라 부르고, 집에서 기르는 개는 견공(犬公)이라 해서 서로 종자가 다르대. 우리 조상들도 견공이 죽었을 때에는 고이 묻어주고 그랬다는 거지. 비석까지 세워주는 경우도 있고. 어떻든 개는 절대 주인을 배반하지 않는데, 배은망덕한 인간들이 그렇게 많으니…."

사람을 감탄케 하는 대목은 그 뿐만이 아니었다. 사람보다 몇 십 배나 발달했다는 청각과 후각은 멀리 복도 끝에서 걸어오는 사람의 정체를 정확하게 판별해 내었다. 그 대상이 낯선 사람일 경우에는 맹

럴하게 짖어대는 반면, 가족일 경우에는 소리를 죽인 채 온몸으로 반겼다. 낮일 때에는 경쾌한 음향을 발하였고, 밤이면 서로 암호를 주고받듯 코만 킁킁거렸다.

"귀와 코가 발달했다는 정도가 아니라, 전체적인 상황판단 능력도 뛰어난 것 같아. 감각기능 외에 사건, 사물에 대한 인지능력도 갖추었다는 거지. 그러기 때문에 시간이나 상대에 따라 대응을 달리하는 거고. 또 도둑 지키는 일을 신성한 사명쯤으로 간주하는 걸 보면, 자기 존재에 대한 소명 의식도 분명한 편이고. 이 세상에는 자신이 왜 태어나고 무엇을 위해 살아야 하는지, 분간 못하는 사람들이 많거든. 어떻든 악한 인간들, 남에게 해를 끼치는 사람보다 백배는 나아."

"하나님께서 어쩌면 그렇게 신기하게 만드셨는지 모르겠어요. 집을 지키기도 하지만, 인호를 지키는 것도 중요한 일이라 여기는 것 같아요. 어머님은 냄새 나고 돈도 많이 들 텐데 뭐 하러 개를 키우느

100

냐고 걱정이시지만, 사실 딸콩이도 제 밥값은 하고
있거든요."

"……?"

"식구들에게 얼마나 많은 기쁨과 즐거움을 선사
해요? 우리가 집을 비웠을 때에도 어쩐지 좀 든든
하고, 인호가 혼자 있는 것보다 안심도 되고요. 실
제 먹는 것을 따지면, 별 거 아니거든요. 사료라고
해 보아야 1만원이면 석 달 정도를 먹이니까요."

"어머니가 꼭 돈 때문에만 그러시겠어? 이제 오
랜만에 직장도 잡고 했으니까, 절약해서 잘살라고
하는 뜻이겠지."

가난하고 서러운 시절, 고통스런 시간강사 신분을
거쳐 대학의 전임교수가 된지 이제 겨우 1년 남짓.
세속적인 표현을 쓰자면, 투자된 비용을 차근차근
거둬들여야 할 시점이었다. 그럼에도 살림살이는 제
자리걸음, 아니 도리어 뒷걸음질치고 있었으니.

더욱이 육 남매를 키우느라 뼈 빠지게 일해야 했
던 박씨의 입장에서, 요 근래 큰며느리 수희가 보인

일련의 행태는 그런 면에서 우려를 자아내고도 남음이 있을 터. 눈에 넣어도 아프지 않을 딸을 하늘나라로 보낸 후, 수희는 취직 같은 것은 꿈도 꾸지 않은 채 집안 치장에 열심을 품었던 것. 그것도 지나치리만치.

"내 속은 아무도 몰라요. 이렇게라도 하지 않으면 견딜 수가 없는데, 텅 빈 가슴을 채울 수가 없는데 어떻게 해요?"

"나야 이해하고도 남지. 하지만 어머니는 다르잖아? 하루라도 빨리 정신 차리기를 바라시는 거야. 그걸 나쁘다고 할 수 없지. 그리고 나이가 드시면 원래 걱정이 많아진다잖아? 당신이 이해해. 하기야 녀석과 함께 웃고 노는 데 대해 그 값어치를 계산하면, 엄청날 거야."

"돈으로 살 수도 없다니까요. 요즈음 스트레스가 쌓여 병이 되고 암도 생긴다는데. 많이 웃으면 암도 치료된다는 말이 있잖아요? 건강하면 병원비도 절약될 것이고, 또 인호도 정서적으로 안정되어 가는 것 같고요. 장난감 사 달라는 말부터 안 하잖아요?"

"요새 장난감 하나에도 몇 만 원씩 한다지?"

"어디 그 뿐이어요? 동생 낳아달라는 말도 쑥 들어갔잖아요? 집에도 빨리빨리 들어오고요. 말도 잘 듣고요."

"투자에 비해 소득이 큰 것 같아. 동물 사랑하는 마음도 길러주고. 살아있는 것들을 사랑하는 사람이 사람도 사랑할 줄 아는 법이거든. 그래서 옛날 어른들이 백정 같은 직업을 천시하고 그랬는지 몰라. 요즘은 다 기계로 다듬어져 나와 상관없지만…."

"또 주어진 사료만 먹고요. 우리가 허락하지 않는 음식은 절대로 입에 대지 않거든요. 그러니까 변도 좋고, 그 양도 적고요. 훈련을 잘 받은 덕분에 장소도 철저히 가려요. 인호와 함께 침대에서 자다 보면, 밤중에 대소변이 마려울 수도 있잖아요? 그래도 끙끙거리는 법이 없어요. 꾹 참고 있다가 아침에 문이 열리면, 그제야 쏜살같이 달려가 변을 보는 거여요."

그 인내심과 성실함이 대견하여, 온 집안 분위기를 훈훈하게 만든 '공로'를 감안하여 통조림을 간식으로 주기도 했다. 하지만 정신이 혼미해지리만치 좋아하는 그 음식에 대해서마저 녀석은 엄청난 절제력을 발휘하였으니, 오직 주인의 자비만을 기다리고 또 기다렸던 것이다.

무엇보다 인호에 대한 녀석의 충성심은 도를 넘기까지 했다. 자신의 '주인'이 침대에 누워있을 때에 다른 사람이 다가가면 황급히 달려와 방어 자세를 취하고, 몸을 만지기만 해도 험상궂은 표정으로 으르렁댔다. 혹시 때리는 흉내라도 낼라치면 사생결단, 죽자 사자 달려들었다.

"아니, 지가 이 애비보다 인호를 더 사랑한단 말이야? 나 참. 어이가 없어서. 의붓아비 취급하는 것도 같고, 통틀어 아들 하나 있는 것 독차지하려는 것 같아 은근히 시샘도 나고 말이야. 하하하⋯."

"한편으로는 고마운 생각도 들고요."

아내의 그 말 속에는 딸을 지켜주지 못한 데 대한 진한 아쉬움이 담겨 있었다. 회한으로 따지자면, 상민 또한 그녀에 못지않았다. 하여 당시에도 살아남은 아들 인호를 끌어안은 채 한없이 울었었다.

'고맙다. 이 녀석아. 너만이라도 살아주어 감사하다. 네 누나를 지켜주지 못해 미안하지만, 앞으로 너만은 확실하게 지켜주마. 공부를 못해도, 세상에서 성공하지 못해도 좋으니 제발 건강하게만 자라다오. 부모 앞에서 먼저 세상을 떠나는 불효만은 저지르지 말아다오.'

다섯 살짜리 아들을 안고 그렇게 몸부림쳤었다. 하지만 아들 녀석 하나 지켜주는 일 또한 말처럼 쉽지 않았다. 키가 자랄수록 함께 할 수 없는 시간들이 너무 많았고, 그때마다 일일이 꽁무니를 따라다닐 수도 없는 노릇. 그 때문에 항상 불안하고 초조했다. 그런데 그 불안하고 공허한 마음을 조금이나마 딸콩이가 메우고 있었던 것이니.

"딸콩이는 사람의 마음도 잘 읽어내는 것 같아요.

내가 장난으로 인호를 때리는 척 하면 요란하게 짖다가도, 진짜로 화가 나서 매를 들면 어느새 꼬리를 내리는 거 있지요? 또 지조가 있어서 아무한테나 정을 주지 않아요."

"감각기능에, 인지능력에, 이젠 지조까지? 야, 당신 그러고 보니 일편단심 민들레요, 환생한 성춘향이네?"

"농담이 아니고요. 당신도 우리 딸콩이 첨 사귈 때, 힘들었잖아요?"

"하긴 그랬지."

"거 보세요. 함부로 마음을 주지 않는다니까요. 또 아이큐까지는 몰라도, 요즘 많이 나오는 그 이큐가 뭔가 있잖아요? 그 지수는 엄청 높은 것 같아요."

이른바 감성지수.* 본능적인 감각으로 상대방의 마음을 읽어내는 그 능력은 인간의 지성적인 판단

---

* 감성지수(EQ-emotional quotient): 감정적 지능지수라고도 한다. 지능지수(IQ)와는 다른 지능으로, 마음의 지능지수라고 할 수 있다.

보다 더 정확할지도 모른다. '여자의 직감이 남자의 이성보다 더 정확하다'는 말도 있지 않은가? '자연'에 가까울수록 본능, 감성, 감각은 더 발달했다고 봐야 할 터. 남자보다는 여자가, 어른보다는 어린아이가, 사람보다는 동물이.

상민과 같은 가장(家長)의 입장에서, 복잡한 계산 할 것 없이 감각에 의존하여 막 살아가는 존재, 아등바등 매달리지 않고도 쉽고 편하게 세상을 살아내는 그 능력이 부럽기도 했다. '개 팔자 상팔자'라는 말이 있듯이, 배부르고 등 따뜻하면 그것으로 족할 것인즉. 언제나 유유자적하고 태평스러운 얼굴. 돈을 벌려 발버둥치지도 않고, 명예를 얻으려 안달해 하지도 않으며, 권력을 쟁취하려 고심하지도 않는다. 그저 한 끼 먹을 것 있으면 그것으로 족하며, 누가 자기를 알아주든 말든 그런 것은 관심 밖이다. 다만 오늘 일에만 충실하고, 눈앞의 주인에게 충성을 다할 뿐이다! 아들 녀석도 어느새 그 지점에 생각이 닿았던 모양이다.

"아빠, 딸콩이는 좋겠어요."

"왜?"

"어디를 가도 자기 집이고요, 공부를 안 해도 되고… 편하잖아요?"

"그래. 니 말이 맞다. 근데 너, 벌써부터 공부가 걱정 되냐?"

"그게 아니라요."

유치원 다닐 때에는 마냥 기쁘고 즐거운 표정이었는데, 초등학생이 되고 보니 녀석의 삶 역시 만만치 않은가 보다. 학교수업 들으랴, 숙제 하랴, 학원 다니랴, 태권도 도장에 다니랴.

'아이쿠! 드디어 내 아들도 인생이라고 하는 고생문에 들어섰구나. 그것이 이 나라, 대한민국에서 태어난 아이들의 운명이자 비극이거늘….'

어떻든 녀석의 말대로 딸콩이는 편하기 이를 데 없다. 시간 맞추어 학교에 갈 필요도 없고, 숙제나 시험 준비할 까닭도, 성적이 나쁘게 나올까봐 걱정할 이유도 없다. 지친 몸과 마음을 이끌고 학원이나 도장으로 향하여 불필요한 스트레스 받을 일도 없다. 집세, 전기세, 수도세 때문에 주판알 굴릴 필요도 없고, 식구들 안전에 노이로제 걸릴 이유도 없다. 직장상사 눈치 볼 필요도 없고, 책이나 논문 쓰기 위해 골머리 썩일 필요도 없고, 학생들 비위 맞추느라 아부할 이유도 없다. 그저 먹고 마시고 잠만 자면 된다. 아니, 바로 그것으로써 자기의 할 바를 다하는 것이니, 정말이지 팔자치고는 상팔자로구나.

《3》

"여보. 우리 딸콩이, 시집이라도 한번 보냅시다."

"시집? 개가 무슨 시집을 가? 어디로 보내자는 말이야, 수컷을 데려오자는 말이야?"

"그게 아니고, 신방이라도 한 번 차려주자는 것이지요."

"신방? 그건 또 뭔데?"

"아이구! 사람 말귀를 그렇게 못 알아들어요? 수

컷과 그… 그 있잖아요? 두 살이 넘었으니까, 사람 나이로 치면 시집갈 때가 충분히 됐고요. 요즘 들어, 또 생식기에서 물 같은 것이 자꾸 흘러요. 아마 발정기인가 봐요."

"교미를 시키자고? 진작에 말을 그렇게 했어야지. 근데 복잡하게 그런 걸 꼭 해야 하나?"

"우리야 상관없지요. 하지만 세상에 태어나 시집 한 번도 못 가 보고 처녀로 늙으면, 얼마나 짠해요?"

"짠해? 딸콩이가 그런 걸 알기나 하나?"

"느낌으로 알 거 아니어요?"

세상에 부러울 것 없는 팔자라 여기고 있던 참인지라 아내의 애절한 '호소'가 낯설게 느껴졌다. 이성적으로 누군가를 사랑한 적이 없으니 함께 가정을 꾸리고 싶다는 소망이 있을 리 만무하고, 특별히 후손을 봐야 한다는 사명의식이 있는 것도 아닐 터. 하지만 '인간적으로' 생각하면, 아내의 말이 그리 틀리지도 않은 것 같았다.

"그러면, 어디 애견하우스로 가야 하나?"

"거기 가면, 항상 수컷이 대기하고 있거든요. 비용은 3만 원 정도 들고요."

"뭐가 그리 비싸?"

"비싸긴요. 새끼를 낳으면 돈이 얼만데요? 요즘 가격으로 하면, 50만원도 넘게 받는데요. 암컷일 때요. 만약 두 마리, 세 마리 낳으면 그게 모두 얼마여요?"

"함께 개장수 하자고? 직장 때려치우고?"

"당신도. 농담이 아니라, 때에 따라서는 제법 부업도 된다 그 말이지요. 요즘 아파트에서 개 키우는 사람들 많대요. 수입이 짭짤하다고요. 돈을 받고 팔기가 뭐하면, 이웃들에게 나눠줄 수도 있고요."

그러고 보면.

'3만원이란 돈은 성적 쾌감에 대한 화대(花代)가 아니라, 새끼를 받아내어 내 팔기 위한 투자인 셈이로구만. 딸콩이의 정욕을 채우기 위함이 아니라, 수희 자신의 물욕(物慾)을 충족시키기 위함이고? 흐흐…'

내키지 않았지만, 혼자 가기가 좀 그렇다 하여 뒤를 따라나섰다. 한창 물이 오른 '숫처녀'가 들어서는 순간, 좌우에 늘어선 개집에서 수놈들이 아우성을 쳐댔다. 침을 질질 흘리며.

'세상에, 저 발광하는 꼬락서니라니. 사람이나 동물이나, 수컷들은 어쩔 수 없구나. 아이구, 창피해.'

그 가운데에서도 유난히 티를 내는 놈이 하나 있었으니, 더러운 인상에 음탕한 눈빛이 영 맘에 들지 않았다.

'제발 저 녀석에게만은 걸리지 않아야 할 텐데….'

주인 남자가 딸콩이를 번쩍 들어올린다. 생식기를 살펴본 다음.

"아이고, 줄줄 흐르는구만, 흘러."

딸콩이의 상태가 매우 양호함을 확인한 그는 이쪽 의견은 물어보지도 않은 채, 한 녀석을 점지하여 동침을 주선하기에 이르렀으니. 그런데 아뿔싸! 가장 우려했던 사태가 발발하고야 말았다. 더러운 인

상의 수컷, 하필 그 녀석이 딸콩이의 파트너로 선발
된 것이다. 이름은 까치.

"사장님, 왜 하필 이 녀석이어요?"

"왜요? 우리도 아무렇게나 신방을 차려주는 거
아니어요. 최근에 '합방'한 날짜와 건강상태 등을
종합하여, 나름대로 질서를 세워두고 있거든요. 그
리고 오늘은 바로 이 녀석 차례고요."

주인의 허락을 학수고대했다는 듯 녀석은 '신부'
를 향해 돌진했다. 질겁하여 도망 다니는 딸콩이와
숨을 씩씩거리며 추격하는 까치. 열대 초원 사바나
에서 기겁하여 내빼는 영양(羚羊) 한 마리와 그를 낚
아채기 위해 혼신의 힘을 다해 달려가는 사자의 모
습이 오버랩 되었다. 자연 생태계에서는 간혹 사냥
에 실패하는 사자가 있기도 하던데, 이곳 인공 세계
에서는 그런 일이 일어나지 않았다. '뚜쟁이'의 손길
이 둘 사이를 간섭하기 시작했고, 숫처녀는 불편한
자세로 '첫날밤'의 고통을 감내해야만 했다. 꽁무니
쪽으로 올라간 수컷은 능숙하게 그 짓을 해댔다. 잔

인하고 무자비한 성폭행, 그 야만의 현장을 차마 두 눈 뜨고 볼 수 없어 고개를 돌리고 말았다. 스스로의 육체가 '강간'이라도 당하는 듯, 딸콩이가 감지하는 심신의 통증이 아프게 전달되어 왔다. 살이 째지고 뼈가 으스러지는 통증, 밀려오는 절망감과 수치심, 분노와 슬픔. 고통으로 일그러진 얼굴 뒤에서 용을 쓰는 정욕의 마스크, 신음소리를 압도하는 환희의 숨소리. 두 눈을 감아도 보이고, 두 귀를 막아도 들려왔다. 지금쯤 클라이맥스에 도달했을 터이고, 입에 거품을 물며 쾌락에 몸을 떠는 수컷의 얼굴은 혐오스럽다 못해 가증스럽기까지 할 터.

'아! 세상은 이토록 더럽고 부조리하며, 구역질나고 비합리적인 것을. 누가 이 땅에 정의가 살아 숨쉬며, 진리가 소리친다 했는가? 약자는 오직 먹힐 뿐이고, 강자는 다만 먹어댈 뿐이다. 힘없는 자는 고통을 당하고, 힘 있는 자는 즐거움을 만끽할 뿐이다!'

수컷이 떨어지는 것을 기다려, 수희가 호들갑을 떨었다.

"아이구, 우리 딸콩이 잘했어. 고생했지? 어서 가자. 집에 가서 맛있는 거 주께."

계산을 끝내자, 주인 남자는 히죽거리며 한 마디를 보탰다.

"3일 쯤 후에 한 번 더 오세요. 만일을 위해서 애프터서비스가 있거든요. 물론 추가요금은 없고요."

웬 뚱딴지같은 애프터서비스? AS가 이때만큼 불쾌하게 여겨진 적은 없었다.

'가지가지 하는구먼. 그리고 저 인간은 또 왜 저렇게 능글맞게 생겼어? 에이, 오늘은 이래저래 맘에 드는 게 하나도 없네.'

속은 부글부글 끓었지만, 딸콩이가 애잔하여 웬만하면 참으려 했다. 하지만 문을 나서며, 기어이 한 마디를 내뱉고 말았다.

"당신은… 무슨 여자가 그래?"

"뭐가요?"

"여자가 창피한 줄도 모르고, 히히거리기나 하고…."

"내가 언제요?"

"아이구, 이젠 아예 의식조차 못하는구먼."

더 이상 말하지 않았다.

'부부간에 이렇게 소통이 안 되어서야 원. 처녀성이 무너지는 데 대한 슬픔도, 분노도 느끼지 않는 그녀가 과연 조신하다 여겨온 내 아내 맞아?'

3일 후. 함께 가자는 수희의 말에 상민은 고개를 저었다. 혼자 다녀오든지 말든지. 하지만 기다리는 시간은 초조하기만 했다. 이럴 바에야 차라리 함께 갈 걸.

"오늘은 어땠어? 지난번처럼 도망 다녀?"

"아니요. 자기도 숙달이 되었는지, 오늘은 가만히 있더라고요."

"숙달? 뭐가 숙달돼? 마누라 대답하는 꼬라지하곤."

순수한 나이에 만나 서로 사랑한 끝에 결혼에 골인한 부부. 아무리 음란한 세상일지라도 아내만은 그 물결에 휩쓸리지 않고 청초한 한 송이 백합처럼 그렇게 서 있기를 원했다. 하늘의 별을 보며 영원한 사랑을 약속했던 그 시간들을 평생 동안 망각하지 않기를 바랐다. 불결함과는 멀리 떨어져 있기를 간절히 소원했던, 바로 그 아내였다. 그런데 그 아름다워야 할 입에서 '숙달'이라니? 그렇게 속된 표현을 입에 올려도 된단 말인가? 지난번보다 고통이 덜했을 딸콩이를 생각하면 다행이다 싶으면서도, 그리 상쾌하지 않은 기분. 비록 육체적인 처녀성은 무너졌을지라도 마음만은 '순결'하기를 바랐는데, 세상풍파에 시달려도 열아홉 순정을 잃어버리지 않기를 원했는데, '숙달'이라니. 아! 악한 세상의 힘이 이 지경에 이르렀단 말인가?

'그보다도 요즘 내가 왜 이럴까? 왜 자꾸 이런 기분이 드는 걸까? 한갓된 애완견에 대해 이 정도일 때, 딸이라도 있어 시집보냈다면 난리 났겠네? 사위 녀석 멱살 잡아 내 딸 처녀성 물어내라고, 상실된 정조를 보상하라고 다그쳤을지도 모르겠네?'

찝찝한 기분, 절망하는 심정으로 물었다.

"이젠 확실하대?"

"사람하고 달라, 개들은 일정한 기간이 있대요. 그래서 거의 100프로 임신이 된다네요."

"이번에도 그놈이야?"

"호호호…. 그렇지요."

혹시나 했더니, 역시나 또 그 놈이었구먼. 근데 이 인간은 뭐가 좋아 오늘도 이렇게 히히거리는 거야?

'또 다른 녀석 만나는 것보다 일편단심 민들레여서 그나마 다행이로구만. 이젠 다시 그런 야만적인 혼례를 치루지 않아서 좋고. 세상에, 마음에도 없는 놈, 얼굴도 생판 모르는 녀석과 동침하여 그의 새끼를 뱃속에 담고 다녀야 하다니. 이게 도대체 어느 나라 법이냔 말이야.'

임산부가 된 딸콩이. 그녀는 마치 성은*을 입어

---

* 보통 성은(聖恩)이라 하면, "여자가 임금의 총애를 받아 밤에 임금을 모시는 것"을 뜻하는 것으로 알고 있다. 하지만 이 경우에는 '성은'이 아니라, '승은(承恩)'이 맞다. '후대를 잇게 한 은혜'라는 의미.

용종(龍種, 왕의 씨)이라도 밴 양, 온 가족의 지극한 사랑과 관심의 대상이 되었다. 예정일이 다가올수록 긴장의 수위는 높아졌고, 마침내 상민은 가장의 이름으로 온 가족에 비상사태를 선포했다.

"앞으로 동시 외출을 삼가고, 상호 교대로 집을 지킨다. 밖의 일이 끝나는 즉시 귀가할 것이며, 무엇보다 딸콩이의 동태를 면밀히 살핀다. 이상 징후가 포착될 시, 즉시 보고한 다음 다른 가족이 도착할 때까지 적절한 조치를 취해둔다!"

과연 소대장 시절의 행태가 가족들에게까지 먹혀들까 우려했는데, 뜻밖에도 화답의 목소리가 들려왔다. 자발적인 복종을 다짐하는 식구들의 얼굴에는 생기가 넘쳤다. 상서로운 기운이 온 집안을 감쌌다. 참으로 오랜만에 생명 창조의 위업이 이곳에서 달성된다니, 그저 감읍할 따름. 태문(胎門)이 막힌 수희, 그 슬픔을 덜어주기라도 하듯 새 생명을 잉태한 딸콩이에 대해 외경심마저 일었다. 하지만 녀석의 배가 점점 불러오고 거동이 느려질수록 또 다시 불안한 생각이 들었다.

'혹시 자궁 외 임신은 아닐까? 새끼가 뱃속에서 잘못되지는 않을까? 또 그 때문에 산모마저 위험에 처하는 것은 아닐까? 출산 중 사산(死産)하거나 혹시 기형아를 생산하는 것은 아닐까?'

불안감을 해소한다는 차원에서라도, 수의사에게 보이기로 맘먹었다. 방림동의 진흥 동물병원. 흰 가운을 걸친 늙은 수의사는 고맙게도, '임산부와 태아의 건강에 이상이 없음'을 확인해주었다. 다만 "동물도 사람과 똑같으니, 1주일에 한 번씩 정기검진을 받아야 한다."는 당부를 곁들였다.

초여름 날 오후. 상민은 생애 첫 저서를 내기 위해 열심히 컴퓨터 자판기를 두드리고 있었다. 화면이 감춰지거나 찍찍거릴 때 주먹으로 쾅 내리쳐야 하는 구식 286 컴퓨터, 책상이 차지한 공간을 제외하면 겨우 한 사람 발을 뻗을까 말까한 서재, 러닝셔츠가 흥건히 땀으로 젖고 엉덩이에 땀띠가 나게 하는 환경 속에서도 상민은 작업을 멈추지 않았다.

그런데 어디선가 낑낑거리는 소리가 들려왔다. 처음에는 대수롭지 않게 여겨, 하던 일을 계속했다. 하지만 시간이 흐를수록 그 소리는 더욱 크고 다급하게, 그리고 더 짧은 간격을 두고 들려왔다. 그제야 머릿속을 스쳐가는 것이 있어, 급히 인호의 방문을 열었다. 낮이었음에도 불구하고, 커튼에 가려진 방안은 어두침침했다. 소리 나는 쪽을 들여다보니, 침대 끄트머리에 얹혀있는 물체 하나가 시야에 들어왔다. 벽 모서리 쪽에 꽁무니를 대고 웅크리고 앉아 있는 녀석.

"딸콩아!…"

그러나 녀석은 여느 때와 달랐다. 얼굴은 창백했고, 눈빛은 증오에 가득했으며, 앞발은 곧게 모은 채 곧 달려들 것 같은 포즈를 취하고 있었다. 떨리는 손으로 다가가는 순간, 녀석은 갑자기 이를 드러내며 으르렁거렸다. 쏘아보는 눈이 어둠 속에서 괴기스런 빛을 발하고 있었다.

"왜 그래? 딸콩아. 어디 아파?"

온몸에 두려움이 엄습했지만, 짐짓 태연한 척 다가갔다. 하지만 여전히 포악한 반응.

'이 녀석이 뭘 잘못 먹었나? 아니면 내가 뭘 실수했을까? 그것도 아니라면 어디 몸이 아픈 건가? 그도 아니라면 혹시?'

수희에게 즉각 삐삐를 쳤다. 전화는 바로 걸려오지 않았다. 급해 죽겠는데, 오늘따라 왜 이리 더딘거야? 항용 그렇듯이, 기다리다 지쳐 화가 날 무렵에야 수화기가 울렸다.

"왜 그래요?"

"큰일 났어. 딸콩이가 이상하다니까."

"뭐가요?"

"아무튼 이상해."

"그럼 진통이 시작되었나 본데, 빨리 병원으로 옮기세요."

"뭐? 병원?"

"그래요. 빨리요."

"알았어."

제기랄! 하필 이럴 때, 내가 걸릴 게 뭐람. 이 녀석! 이리 와. 당장에 병원에 가야 한단 말이야. 시국이 시국이니만큼, 앞뒤 가릴 계제가 아니었다. 녀석의 완강한 방어 자세를 무시하고 덥석 끌어안았다. 그래. 얌전해야지. 진작에 이럴 것이지.

벌써 해가 서산에 기울었는지, 아니면 흐린 날씨 탓인지 밖은 다소 어두웠다. 수의사가 혀를 찼다.

"그래서 내가 무시락 헙디요? 꼬박꼬박 정기검진을 받어야 헌다고 했제에."

"……."

처음 몇 번 검진을 받다가 별 일 없으려니 하고 게을렀던 것이 화근이었을까.

"암만 해도 제왕절개 수술을 해야 헐 것 같어."

"예? 제왕절개요? 그게 뭔데요?"

"아이, 배 째고 끄집어내는 거 몰라?"

아무리 그래도 그렇지, 제왕절개 수술이라니.

"선생님, 저는 제 아이들, 아니 제 아들도 자연 분만했는데, 개더러 배를 째라니요?"

"그러면 어쩔 것이요?"

"예?"

"그러면, 이대로 죽일 판이냐고?"

"아니, 그건 아닌데요."

혹시 자기 당부를 무시한 데 대한 앙갚음이 아닐까? 설마 그렇다고 거짓말까지야. 또 평소 점잖기만 한 그가 농담을 하고 있다고 여겨지지도 않았다.

'그렇다면, 어떻게 이런 일이 나에게?'

어렸을 적, 집에서 키우던 암소가 들녘에 나갔다가 스스로 새끼를 낳아 달고 들어오는 장면을 보았다. 그 다음 해에는 마당에서 출산된 송아지가 얼마 되지 않아 스스로 걷는 모습도 보았다. 본능에 있어서는 사람보다 강한 것이 동물이라 여겨왔거늘, 병원에까지 와서도 혼자 힘으로 낳을 수 없다니. 현실을 인정하려 애를 써보았지만, 황당한 충격은 쉬이 가시지 않았다.

"아이, 짐승도 자연분만이 좋긴 허지라우. 근디 운동이 부족했든 탓에, 그 방법은 심(힘)들게 되었단 말이요."

"아, 예. 죄송합니다."

"속에 들어있든 새끼들이 몇 마린가는 몰르겠소마는, 그것들이 너머 커버린 통에 만약 지금 수술허지 않으면 에미나 새끼 모두 죽을 수배키 읎단 게라우. 내 말 알아 듣겠소?"

"알지요. 그럼 제가 어떻게 해야 하나요?"

"어쭈코 허기는. 좌우간 여그서는 당신이 '보호자' 아니요? 그런 게…."

'수술 결과에 대해 어떠한 민형사상 책임도 묻지 않겠다.'고 하는 의미의 '서약'을 받고나서, 수의사는 딸콩이의 몸뚱이를 꽉 붙들라 명령했다. 마취를 시켜야 한다나.

'제기랄, 내가 뭐 이 병원 간호보조원이라도 되는가? 엄연한 고객에게 잡일을 시키다니….'

오늘따라 늙은 수의사의 하는 짓이 영 마뜩치 않

왔다. 하지만 '환자'는 우리 가족의 마스코트 딸콩이가 아닌가 말이다. 주사를 놓는 동안, 녀석은 별반 저항을 하지 않았다. 스스로 처한 상황을 알아차리기라도 하는 듯, 이리저리 눈알을 굴리거나 숨만 가쁘게 몰아쉴 뿐 미동도 하지 않았다. 수의사는 잔뜩 겁먹은 녀석의 몸을 확 뒤집어, 네 발을 공중으로 동동 쳐들게 하였다. 그리고 전기면도기로 복부의 털들을 드르르 밀어내더니, 쓱싹쓱싹 소독약을 발랐다. 그런 다음 마치 널빤지에 드러누운 돼지의 배를 가르듯, 칼로 복부를 쫘악 그어 내려갔다.

"아!……"

자신도 모르게 몸이 움찔해지는 순간, 활짝 문이 열리더니 꿈틀거리는 생명체 하나가 시야에 들어왔다. 수의사는 덩치가 큰 그 녀석을 제치고, 그 아래를 뒤져 작은 몸뚱이 하나를 끄집어 올렸다.

"내, 이럴 줄 알았어."

왜소한 육체는 죽은 듯, 꼼짝도 하지 않았다. 긴장으로 숨이 막혔다.

"에… 왜 이런 현상이 생기냐 허면, 둘 다 똑같이 크면 좋은 디, 이 중에 한 놈이 너머나 몸집이 커져 버린 탓에… 에… 다른 한 마리가 그 덩치에 깔려갖고 밑에서 숨을 못 쉬고 있었다 그 말이그든. 그런 게 쪼끔만 늦게 열었어도, 깐딱허먼 죽어 버렸다 그 말이지라우. 다행히 아직 숨이 끊어진 것 같든 않소마는…."

"그래요? 참 다행이네요."

눈앞에서 벌어지고 있는 희한한 광경에 어안이 벙벙했다. 과연 이게 꿈인가 현실인가? 수의사는 황당해하는 '보호자'의 존재를 무시라도 하듯, 어른의 검지와 중지 손가락을 합쳐놓은 것만한 몸뚱이의 복부를 열심히 주무르기 시작했다. 그 장면이 너무 코믹하여, 피식 웃음이 나오려는 것을 간신히 참았다.

'내가 이러면 안 되지. 이 엄숙한 상황에서 웃음이라니….'

정성어린 복부 마사지에도 꿈쩍하지 않자, 수의

사는 돌연 작디작은 주둥이에 입을 대고 숨을 불어 넣기 시작했다. 구강 대 구강법, 일종의 인공호흡법이라나 뭐라나. 곧이어 흉곽압박법, 가슴을 꼭 눌렀다 뗐다를 되풀이했다. 꽤 쌀쌀한 날씨였음에도 그의 이마에는 송알송알 땀이 맺히기 시작했다. 백설(白雪)을 닮은 하얀 가운은 한 생명체를 향한 순결하고도 지고한 사랑을 상징하는 듯 했다. 조금 전과는 달리, 입을 꼭 다문 채 말이 없는 장면도 그랬다. 세상 욕심, 일체의 잡념을 털어내려는 구도자의 모습이 이런 것일까? 그의 몸은 묵언(黙言)으로써 더 많은 가르침을 전하고 있었다.

'마치 제 아들을 살려내려는 듯 최선을 다하는 저 모습, 저 고귀한 장면 앞에 무슨 말이 더 필요할까? 비록 미물일망정, 한 생명을 구하기 위해 저토록 최선을 다하는구나. 돈을 벌기 위함만도 아니고 단순한 직업의식의 발로도 아닌, 무엇인가가 저 속에 있음에 틀림없다!'

과연 그게 뭘까? '생명에의 외경(畏敬)'을 주장했

던 슈바이처 박사가 떠올랐다. 그러고 보니, 큰 벌이가 될 것 같지도 않은 동물병원을 평생 운영해온 그에게서는 감히 범접하지 못할 숭고함 같은 것이 일찌감치 느껴졌었다. 노의사의 극진한 정성에 보답이라도 하듯, 마침내 길게 숨을 한 번 내쉰 녀석의 배가 위아래로 들썩이기 시작했다. 이 장면에 새 힘이 솟는 듯, 헤어 드라이기를 추켜든 그의 손이 민첩하게 움직이며 녀석의 까만 털을 말리기 시작한다.

"여그 묻어있는 끈적끈적헌 물기는 지 어미의 질액이지라우. 그래서 이것도 말릴 겸, 추위도 이기게 헐라고 이러는 거요. 여그 보씨요. 벌써 추와서 덜덜 떨지 않소?"

한참 만에 말문을 튼 그의 얼굴에는 셋 모두를 살려냈다는 안도감이랄까, 어떤 여유 같은 것이 묻어났다.

"선생님도 참 대단하시네요."

"대단허기는. 내 허는 일이 천상 이것인 디. 어쩠

든 당신, 재수가 좋은 셈이요. 두 마리 모두 암놈이
요. 암놈이 더 비싼지는 알고 있지라우? 클 때 순허
고, 새끼도 낳을 수 있고, 냄새도 덜 나고 해서. 좌우
간 오늘, 쪼끔만 늦었어도 한 마리는 못 낳을 빤 봤
어. 이놈이 언니가 되겠구만."

"언니…요?"

"먼저 세상에 나왔은 게, 언니제 못이여?"

커다란 덩치에 눌려 압사 직전까지 몰렸다가 기
사회생한 몸뚱이, 비록 왜소한 육체에 건강마저 좋
지 않았으되 언니는 언니란다. 결과적으로 위급한
상황이 연약하기 그지없는 그녀를 언니로 만들어
냈으니, 기가 막힌 삶의 아이러니, 드라마 같은 대
역전극이 아닐 수 없었다.

구사일생으로 살아난 녀석의 바작거림을 느긋하
게 바라보다가 상민의 눈은 또 다시 휘둥그레지고
말았다.

'아니, 웬 꼬리가 저리 길어? 또 색깔은 왜 이리
까맣고? 딸콩이는 물론, 인희도 이러지 않았는데?'

130

질펀한 물기가 흐르는 까만 털, 더욱이 꽁무니 쪽
에는 듣도 보도 못한 기다란 꼬리가 붙어 있었으니.
이건 영락없이 물에 빠진 생쥐 꼴이 아닌가 말이다.
맘속으로 그렸던 갈색의 풍성한 털은 다 어디로 가
고, 이렇듯 흉측한 모습이라니. 혹시 유전인자 속에
불량한 돌연변이가 나타났나? 인상이 '더러운' 수
컷의 얼굴이 떠올랐다.

　'첨부터 맘에 들지 않았는데, 이 까치 녀석이 기
어이 좋지 않은 씨를 뿌려놓았구나.'

　"허허허… 어째서 넋 나간 사람같이 서 있소? 본
래 색깔은 다 그래. 큼시로 이쁜 색으로 변허는 거
고. 꼴랑지야 매칠 후에 짤라 주면 되고. 인자 도와
줄 일은 다 끝났은 게, 나갔다 오든지 알아서 해."

　눅눅한 기운을 떨쳐버리기도 할 겸, 동물병원 밖
으로 나왔다. 어둠이 깔린 포도(鋪道) 위에 비가 내
리고 있었다. 하지만 코끝에 와 닿는 공기는 상큼했
다. 우산도 없이 무작정 걸었다. 백운동 로터리에서
조선대학교 쪽을 향한 제1차 외곽순환도로 위를 수

많은 자동차들이 질주하고 있었다. 간혹 도로 위에 널브러져 있는 동물들의 시신을 본 적이 있었다.

'아무렇지 않게, 그냥 보기가 민망하다고만 생각했었는데 그게 아니로구나. 한 생명, 한 생명이 이렇게 귀한 것을….'

중국음식점으로 들어가 자장면을 시켰다. 배가 고팠지만, 막상 먹으려니 목구멍에 넘어가질 않았다. 두근거리는 가슴을 안고, 다시 병원으로 향했다.

딸콩이는 꿰매진 배를 천정으로 향한 채, 꼼짝없이 누워 눈만 끔벅거리고 있었다. 아직 마취에서 덜 깨어났나? 어미 쪽은 돌아보지도 않은 채, 수의사는 헤어 드라이기로 새끼들의 털을 말리는 중이었고, 새끼들은 간혹 몸을 부르르 떨었다.

"딸콩이는 괜찮은가요?"

"마취를 해서 수술을 허는 동안에는 괜찮했을 턴디, 인자 깨어나면 상당히 아플 거요."

그제야 생각났다는 듯, 그는 녀석의 배 부분을 살

퍼보았다. 기워놓은 실밥 자국이 선명했다.

"좌우간 사나흘 더 병원에 나와 소독도 허고, 항생제 주사도 맞고 약도 먹여야 혀. 그래야 썽이 안 나그든."

"예. 그래야지요."

"그러고 새끼들 꼴랑지도 곧 짤라주어야 혀. 똥이 차코 묻고, 보기도 싫그든."

"예, 잘 알겠습니다."

그러나 '앞으로 혹시 임신하면 자연분만은 불가능하고, 계속 제왕절개수술을 해야 한다'는 말이 맘에 걸렸다. 자연 분만하다가 잘못되면 꿰맨 자리가 터질 수 있기 때문에 어쩔 수 없다나.

'그거야 차라리 잘 됐지 뭐. 그 핑계로 다시는 교미시킬 일이 없어졌으니….'

수술비에 약값 포함하여 총 치료비는 13만 원인데, 특별히 할인하여 10만 원만 달랜다. 세상에! 어느 정도 각오는 했지만, 대학교수 봉급의 10퍼센트를 달라니? 그 정도 액수라면 사람하고 별반 차이

도 없지 않은가? 더구나 새끼들의 꼬리를 잘라준다
거나 땅콩이의 수술 부위가 곪지 않도록 당분간 통
원치료를 해야 한다는데, 비용이 얼마나 더 추가될
지 알 수 없는 노릇.

"운동을 자주로 시키고 진찰을 자주로 받었드라
면, 정상 분만도 가능했을 턴 디. 그러면 돈도 벨라
안 들었을 것이고…."

"의료보험도 안 되잖아요?"

"허허허… 그때까지만 사씨요. 그래도 두 놈 다
무사헌 게, 천만 다행 아니요? 더구나 암놈들이고."

황당함과 분노를 은폐하기 위해 썰렁한 농담을
던진 건데, 그 마음을 눈치 챘는지 수의사가 즉각
반응해온다. 무심한 성격임에도 이쪽의 기분을 맞
추려 하는 기색이 엿보여 기분이 풀렸다.

'이 양반이 수술비 때문에 그런다 할지라도, 탓하
지 말자. 더 이상 세속적인 생각은 하지 말자. 귀한
생명을 돈으로 계산하지 말자.'

잔뜩 불어난 식구들을 품에 안고 오다 보니, 절로

콧노래가 나왔다. 인호는 뛸 듯이 기뻐했고, 수희
역시 반색을 했다.

"당신, 오랜만에 큰일 했네요."

"내가 무슨."

"아니어요. 아이 낳을 때 심정은 낳아본 사람 아
니면 몰라요. 우리 딸콩이, 대견도 하지."

관심의 방향을 급히 딸콩이 쪽으로 튼 그녀의 처
사가 당황스럽기도 했으되, 이치상 그게 옳다는 생
각이 들었다. 수희가 인호를 낳았을 때, 박씨도 그
랬었다. 장남의 득남 소식에 그녀는 혼을 빼앗길 만
큼 흥분하고 말았었다. 떡두꺼비 같은 장손을 낳아
준 며느리가 어찌 사랑스럽지 않았겠는가? 잘살고
못살고 하는 일이야 그 다음 일이고, 무릇 새 생명
의 탄생은 모두에게 축하받을 일이거늘.

《4》

다음날부터 딸콩이의 통원치료가 시작되었다. 수

술 부위를 소독하고 빨간색 머큐럼을 바른 다음, 가재와 반창고를 새로이 갈아 붙이고 항생제 주사를 놓았다. 약을 먹일 때에는 양쪽 턱을 꽉 눌러 입을 벌리게 한 다음, 그 속으로 순식간에 집어넣었다.

사흘 후. 수의사는 말없이 가위를 치켜들었다. 그리고 새끼들의 꼬리 부분을 소독약으로 한번 쓱 문지르는가 싶더니, 눈 깜짝할 새에 싹둑싹둑 잘라버렸다. 예고도 없이 불시에 당한 일이라, 자신도 모르게 고개가 옆으로 돌아갔다.

"호호호… 놀랬는 갑이네? 아직 눈도 못 뜨고 그래서, 마취 읎이도 충분해. 되도록 빨리 짤라주어야 고통이 적고, 후유증도 읎그든."

"……."

아무리 그래도 그렇지. 생살을 무지막지하게 잘라 내다니.

그 다음날부터 새끼들은 어미의 젖을 찾기 시작했다. 여전히 눈이 뜨이지 않은 상태에서 배영(背泳)

하는 수영선수처럼, 등을 바닥에 비벼대며 어미 쪽을 향해 돌진하는 모양이라니. '쳐들어오는' 두 녀석을 물끄러미 바라보던 딸콩이는 화들짝 놀래어 도망쳤고, 그 하는 양이 너무 우스워 상민은 배꼽을 잡았다. 그러나 수희는 "이때 버릇을 잡지 않으면, 새끼들 굶겨 죽인다."며, 눈을 부라렸다.

"에끼, 이 녀석. 니가 낳아 놓고, 니 새끼인 줄도 몰라?"

그녀는 마뜩찮은 표정의 딸콩이를 옆으로 드러눕게 한 다음, 새끼들을 붙들어 억지로 젖을 물게 했다. 하지만 또 그 새를 못 참아 꿈틀거리는 딸콩이.

"이 녀석, 가만있어."

"당신, 너무 심한 거 아니야? 말귀도 못 알아듣는 동물에게…."

"못 알아듣긴요. 다 알아들어요."

처음에는 그 말을 믿지 않았다. 그러나 꼬박 이틀 정도 스파르타식 '교육'을 시행하자, 어미는 신통하게도 얌전해지고 말았다. 물론 이때를 놓칠 새라,

새끼들은 부지런히 젖을 빨았고.

'세상에! 눈도 뜨지 못한 주제에, 오직 냄새에 의존하여 제 어미를 찾아가 젖을 빠는 장면이라니. 생명을 향한 자연의 섭리가 무섭긴 하구나.'

닷새째 되던 날 밤, 눈이 휘둥그레진 사건이 또 발생했다. 새끼손가락보다 조금 더 가늘면서 길쭉한, 까만색을 띤 무언가를 딸콩이가 삼키고 있었던 것이다!

'아니, 저게 무얼까?'

자세히 살펴보니, 그것은 바로 새끼들의 항문에서 빠져 나온 똥이었다.

'아니, 이 녀석이 미쳤나? 아님 배가 고팠나? 아무리 그래도 그렇지, 먹이 놔두고 왜 똥을 먹어? 제 똥도 아닌 새끼들의 똥을 왜 먹느냐고? 탈이라도 생기면 어쩌려고?'

조바심이 나 견딜 수가 없었기에 밤늦은 시간임에도 전화를 걸어갔다.

"선생님, 죄송한데요. 큰일 났어요. 딸콩이가 똥

을 집어삼킨다니까요."

"아, 난 또 뭐라고."

"예?"

"별거 아니요. 개들은 본래 다 그래요. 이번 것은 배냇똥이라고 해서, 새끼들이 배 안에 있을 때부터 받아먹었든 젖들이 인자사 똥으로 나온 것이지라우. 그러고 앞으로도 새끼들이 사료를 먹을 때까장은 고로코 받어 먹습니다. 지 몸에서 나간 젖이라 당연히 냄새가 안 나고, 건강에 아무 지장도 읗고라우. 오줌도 받어 먹는디… 히히."

"아, 그래요? 저는 또…."

참으로 놀랍고 신통하구나. 며칠 전까지만 해도 새끼들을 피해 도망 다니던 어미가 그들의 항문이나 생식기에 입을 대다니. 그리고 바로 그 순간, 기다렸다는 듯이 대변과 소변을 찔끔찔끔 흘려주는 새끼들, 그것들을 받아 앉은 자리에서 삼켜버리는 어미. 줄탁동시(啐啄同時, 안에서 병아리가 껍질 쪼는 것을 '줄'이라 하고 밖에서 어미닭이 쪼는 것을 '탁'이라

하는데, 이것이 함께 이루어져야 부화가 가능하다는 뜻)
처럼 그것은 오묘하고 경이로운 자연의 조화, 바로
그 자체였다. 이를 어찌 논리로 설명할 것이며, 이
론으로 풀어낼 것인가?

어렸을 적, 무정리 한촌의 고향집 마당에서 소가
새끼 낳는 장면을 본 적이 있었다. 먼저 송아지가
나오고 곧이어 태반(胎盤, 포유류의 임신 중 발생되는
조직. 태아와 모체를 연결해 태아가 모체 속에서 생존 및
성장할 수 있게 하며, 태아를 보호하는 역할을 함. 태반
이 존재하기에 엄마와 아기는 한 몸 속 두 집 살림이 가
능함)이 나왔는데, 그 크기는 거의 송아지만 했다.
그런데 암소가 우걱우걱하며 그 태반을 다 씹어 삼
켜버렸다. 그리곤 꽁무니 쪽에 떨어뜨려진 새끼의
미끈거리는 몸뚱이를 정성껏 혀로 핥아주었다. 그
러자 새끼는 삐쭉거리며 일어서 곧바로 마당을 뛰
어다니기 시작했다. 상민은 끔찍하고도 신기한 그
장면을 결코 잊을 수 없었다. 나중에 들은 바로, 어
미소가 태반을 먹으면 출산으로 인하여 부족해진

철분과 단백질이 보충되고 비타민과 함께 여러 가지 무기물, 여러 종류의 아미노산이 한꺼번에 섭취된다고 한다. 평소 소는 풀을 먹다가 지렁이만 봐도 몸서리를 치는 동물이다. 혹시 입에라도 묻을까봐 입술을 날름거리고 혀를 이리저리 돌린다. 그러다가 오직 한 번 육식을 하는데, 그것은 바로 자기 새끼를 낳을 때 태반을 먹는 일이란다.

'동물은 이미 완성된 형태로 태어나 본능대로 살아가면 된다. 구태여 다른 손길이 필요치 않다. 그런데 인간은 어떤가? 도움의 손길이 없으면 당장에 죽고 만다. 생존 자체가 불가능하다. 그런 면에서 동물은 인간보다 훨씬 강하다. 적어도 자연 상태에 놓였을 때에는. 인간에겐 다행히 다른 동물보다 뛰어난 지능이 있어, 그것으로 자연을 지배해 왔다. 하지만 홀로 되었을 때, 인간만큼 연약한 존재는 없다. 고로 인간은 만물 중에서 가장 절실히 이웃을 필요로 하는 존재이다. 아! 왜소한 데다 하찮아 보이기까지 한 딸콩이의 몸속에 수천 년 동안 이어져

내려온, 질기고 질긴 삶의 유전 인자가 들어 있었구나. 태초부터 간직해온 본능의 동작들을 연출해내는 데에 바라보는 시선쯤은 아랑곳하지 않는 거로구나. 원시적 자연 상태에서 새끼들을 보호하기 위해, 어미는 그 흔적들을 스스로의 몸속에 담아버리는구나.'

그러다가 새끼들이 어느 정도 성장하여 밖의 것들(사료들)을 먹게 되면 똥이나 오줌에서 냄새가 날 것이고, 그렇게 되면 어미는 자연히 그것들을 피하게 된다. 그러나 그때에는 이미 새끼들의 눈이 뜨여 좌우를 분별할 수 있게 되고, 젖 이외의 것들도 먹을 수 있을 뿐만 아니라 최소한의 자기보호 능력도 생길 것인즉. 섭리의 깨달음 앞에 상민은 숙연해지고 말았다.

"여보, 이제 새끼들 이름을 지어줍시다. 마냥 언니, 동생이라 부를 수도 없잖아요?"

"그야 그렇지. 정식으로 작명을 해야 한단 말이

지? 어디 작명가에게 부탁해볼까?"

"또 농담."

"아빠, 언니는 깍지로 하고요, 동생은 꼭지로 해
요."

"그래? 왜?"

"그냥요. 그냥 그 이름이 생각이 났어요."

"깍지, 꼭지라. 부르기도 좋고, 느낌도 좋네 뭐.
인호, 네 이름은 할아버지 의견에 따랐던데, 이번에
는 네 의견을 따르기로 하자."

그런데 뱃속에서부터 언니를 짓밟으며 핍박을
가했던 꼭지가 젖을 빠는 데에 있어서도, 그 못된
버릇을 되풀이하고 있었으니. 먼저 유리한 위치를
확보하여 언니의 접근을 방해한 다음, 젖을 독식하
다시피 하곤 했다. 탐욕스런 압제자의 자태는 너무
나 교만하고 뻔뻔했다. 젖꼭지조차 찾지 못해 비틀
거리는 약자를 뒷발로 쭈-욱 밀쳐버린 다음, 영양
분을 독차지하는 장면이라니. 뒤의 두 발로는 스스
로의 몸을 굳건하게 지탱하고, 앞의 두 발로는 젖의

둘레를 둥그렇게 감쌌다. 그리고는 마치 음악에 맞추어 춤을 추는 무희(舞姬)처럼, 장단 가락에 노니는 기생인 양, 앞뒤로 리드미컬하게 빨아대는 것이었다.

힘껏 빨았다가 멈추고, 늦췄다가 다시 흡입하는 동작이 너무나 다이내믹했다. 한 방울이라도 허실되지 않도록 하기 위해 혀로 유두(乳頭, 젖꼭지) 근처를 핥는 장면은 보는 사람의 입에까지 침을 괴게 만들었다. 중간 중간 젖의 양이 줄어든다 싶으면, 온몸을 던져 박치기를 해댔다. 작은 머리통으로 젖무덤을 힘껏 들이받고 나면 한꺼번에 젖이 흘러넘쳤고, 폭포수처럼 쏟아지는 유량(流量)을 감당하지 못해 숨을 헐떡거리기까지 했다. 그러면서도 언니에게 양보할 생각은 눈곱만치도 없는 것 같았다. 반면에 불쌍하고 가련한 깍지는 동생의 위세에 눌려, 자세조차 똑바로 잡지 못했다. 한쪽 구석에 쳐 박힌 채, 기아(飢餓)에 허덕이고 있으니. 장작개비 같은 뼈와 움푹 들어간 눈자위의 아프리카 아이들이 생각났다. 날이 갈수록 꼭지의 몸집은 불어나고, 깍지의 육체는 시들어만 갔다.

"이건 자매간의 정리(情理)로 보나, 정의의 관점에서 보나 더 이상 방치할 수 없어."

"그럼 어떻게 해요?"

"어떻게든 해봐야지. 이대로 놔두었다간 한 놈은 배 터져 죽고, 다른 한 녀석은 배곯아 죽게 생겼는데."

여전히 껄떡거리는 꼭지를 매몰차게 떼어냈다. 그리고 제대로 몸조차 가누지 못하는 깍지를 안아, 딸콩이의 젖무덤 근처에 갖다 놓았다. 그러나 경험이 있을 리 없는 녀석은 고개를 흔들며 허둥대기만 할 뿐, 젖무덤과의 거리를 좁히지 못했다. 안타까운 심정으로 녀석을 붙잡아 입에 억지로 젖을 물려주었다. 처음에는 흡입력이 약하여 미미한 양에 그치는가 싶더니, 시간이 지나자 양 볼이 제법 씰룩거리기 시작했다.

마침내 깍지는 최소한의 기력을 회복하였고, 며칠이 지나자 제법 왕성한 식욕을 보이기까지 하였다. 급기야 부풀어진 몸집과 체력을 과시라도 하듯, 젖꼭지를 놓고 꼭지와 신경전까지 벌이기에 이르렀으니. 그리고 보름여가 지나자, 두 녀석의 몸뚱이는 몰라보게 닮아 있었다.

"야, 이제야 언니의 체면이 좀 서는구먼."

"역시 부모 마음은 자식들이 골고루 잘되기를 바라는 것 같아요."

"그래서 못난 자식에게 더 마음이 가는 거고."

지금 상민 부부는 딸콩이의 두 딸을 통해 사람 사는 세상의 이치를 터득해가는 중이었다.

어둠이 물러가고, 빛이 찾아들었다. 드디어 새끼들의 두 눈이 뜨인 것이다. 광명을 찾은 녀석들은 서서히 움직이기 시작했다. 몸을 뒤집어 뱃가죽을 바닥에 대고 고개를 곧추세운 채 거실 이곳저곳을 돌아다니더니 급기야 식탁과 화장실 근처까지 행동반경을 넓혀나갔다.

"이제 이유식*을 먹여야 할까 봐요."

"그런 것도 있어?"

"사람하고 똑같다니까요. 젖만 먹던 아기가 갑자기 밥을 먹으면 탈이 생기잖아요? 그래서 중간에 이유식을 주는데, 활동량이 많아지면 에너지 소모 역시 증가할 수밖에 없고요. 그래서 젖만으로는 그걸 감당할 수 없단 말이지요."

"참 나…."

"딸콩이, 기침이나 재채기 하는 것 보았지요? 그뿐인 줄 아세요? 잠자다 코도 곯고, 방귀도 뀌고 그래요. 호호호…. 처음부터 딱딱한 사료를 주면 소화를 못 시켜 소화불량에 걸리고 하니까, 부드러운 죽 같은 것을 먹여야 한다고요."

"그럼 어떻게… 죽을 만들어 주어야 하나?"

"애견하우스에 가면, 다 있어요. 요즘 애완동물 산업이 얼마나 발달했는데요? 강아지 옷도 있지요, 신발이며 칫솔, 껌 등등 없는 것이 없어요. 한 달에

---

* 이유식(離乳食): 젖을 떼는 시기의 아기에게 먹이는, 젖 이외의 음식. 특히 부드럽게 만든 음식을 이름.

한 번 정도 이발해 주고 리본을 달아 주면, 또 얼마
나 예쁜데요?"

"그야 돈 있고 시간 있는 사람들 이야기지."

"그 정도는 큰돈 안 들이고 정성만 있으면, 얼마
든지 가능해요. 정말 애완견 데리고 사치하는 사람
들은 말도 못해요. 간혹 외국인들이 여행 갈 때 호
텔에 맡기고 간다는 뉴스 나오잖아요? 웬만한 사람
들 숙소보다 나아요. 침대에, 소파에, 목욕탕에, 요
즘은 스파까지 있다는데요 뭐. 음악도 틀어주고 샤
워도 해주고, 심지어 죽으면서 유산을 개에게 물려
주는 사람도 있다잖아요?"

"개가 돈을 갖고 있으면 뭐해? 법적으로 상속이
되는지도 모르겠고. 다 자기 연민이고 자기 애착이
야. 혹시 주변 사람들에 대한 보복행위가 아닐지 모
르겠어. 그렇잖아? 너희들 보아라. 내가 볼 때, 너희
는 이 개만도 못하다. 혹은 너희들보다 나는 이 개
를 더 믿는다. 더 사랑한다. 뭐 이런 식 아니겠냐고.
어떻든 재산 물려줄 사람 하나 갖지 못했다는 것,

그것도 인생의 비극이야."

"비극이랄 것까지 있어요? 세상에는 개만도 못한 사람들이 실제로 있으니까요. 믿는 도끼에 발등 찍힌다고, 가장 가까운 사람들로부터 배신당한 사람이 어디 한둘이어요? 비록 말은 못할지언정 변함없이 충성하는 개가 더 낫다는 거겠지요. 적어도 개는 사람을 배신하진 않으니까요."

"배신은커녕 자기 목숨을 바쳐 주인을 구한 스토리도 있잖아?"

이른바 의견(義犬)설화. 개가 사람에게 도움을 주거나 은혜를 갚은 것을 주제로 한 설화를 가리킨다. 가장 오랜 기록은 고려시대 최자가 지은 〈보한집〉에 나타나는데, 그 가운데 전라북도 임실군 오수면 오수리의 개 이야기가 가장 유명하다. 1천 년 전 김개인이란 사람이 장에서 친구와 술을 마시고 몹시 취하여 집에 돌아가던 중, 잔디밭에 누워 잠이 들었다. 이때 인근에서 불이 나 김개인에게 불길이 번지자, 개는 냇가에 가서 몸을 적시어 주인 주위의 풀에 물기를 배게 하여 근방의 불길을 잡았다. 그러나 정작 개는 지쳐 쓰러져 죽고 말았다. 김개인이 깨어나 이 사실을 알고 노래를 지어 슬픔을 달래고 무덤을 만들어 장사지낸 뒤, 이곳을 잊지 않기 위하여 무덤 앞에 지팡이를 꽂아 두었다. 얼마 후 지팡이에 싹이 돋기 시작하여 하늘을 찌를 듯한 큰 느티나무가 되었다. 그래서 그 나무를 오수(獒樹) 즉 '개 나무'라 이름 지은 것이 오수면 오수리라는 마을 이름으로 기념되어 오늘까지 전해 오고 있는 것이다. 후에 동네사람들이 주인을 살린 개의 충성심을 후세에 기리기 위해 의견비(義犬碑)를 세웠으나, 오랜 세월의 풍파로 글씨가 마멸되어 알아볼 수 없게 되었다. 지금의 의견비는 1955년 4월 8일에 세운 것으로, 비각을 세우고 주위를 단장하여 원동산 공원을 만들고 일주문까지 세웠다.

이밖에 의견(義犬)설화에는 호랑이와 같은 맹수를 물리쳐 주인을 구했다는 이야기, 몸을 둔갑하여 주인을 해치려는 동물이나 귀신을 물리쳤다는 이

야기, 독약이나 독이 든 물건을 주인이 먹거나 만지
려고 할 때 이를 막아 주인을 구했다는 이야기, 주
인의 억울한 죽음을 관청에 알려 시체를 찾고 범인
을 찾아내었다는 이야기, 글이나 옷자락을 물고 와
주인의 죽음을 알리거나 주인의 시체를 지키며 사
람들에게 알렸다는 이야기, 주인이 죽자 곧 따라서
죽었다는 이야기, 주인이 없는 사이에 어미개가 주
인의 아이에게 젖을 먹여 살려냈다는 이야기, 중요
한 문서를 먼 곳에까지 전달했다는 이야기, 개가 죽
으면서 발복(發福, 복이 터짐)할 명당을 찾아준다는
이야기, 눈먼 주인에게 길을 인도해주었다는 이야
기 등이 있다.

"그래서 선진국에서는 애완견이 죽었을 때, 장례
를 치러주기도 한 대요. 장례비 마련을 위해 적금까
지 붓는 사람도 있다는 데요 뭘. 애완견에게 수의를
입히고 관에 넣고 화장하는 절차가 사람하고 똑같
대요. 화장되어 나온 유골은 동물전용 납골당에 안
치하고, 무덤이나 비석을 세워주는 경우도 있고요.

그리고 개가 살아생전 찍은 사진을 앞에 놓아두고
요. 심지어 사료나 간식까지 가져다주는 사람도 있
대요. 거의 매주 한 차례씩 찾아와 이름을 부르며
울기도 하고요."

"햐! 그 사람들 자기 부모가 돌아가셔도 그렇게
할까?"

"그야 모르지만, 장례비용이 수백만 원을 넘어가
도 그런 것쯤 아랑곳하지 않는대요. 애완견뿐 아니
라 고양이, 거북이, 토끼에게도 정중하게 장례를 치
러주는 사람들이 늘어난대요. 그래서 동물전용 장
례식장이 호황을 누린다잖아요."

"애완동물을 인생의 반려자로 보는 사람들이 크
게 늘었다는 이야기지. 그래서 '애완동물'이라는 말
보다 '반려동물'*이라는 신조어가 생겨났고. 자식보
다 동물에게 더 큰 기쁨을 얻는다는데, 할 말 없지."

---

* 반려동물(伴侶動物): 애완동물은 더 이상 사람의 장난감이 아니라 '더불
어 살아가는 동물'이라는 의미에서, 이렇게 이름을 바꾸었음. 1983년
10월 오스트리아 빈에서 열린 국제 심포지엄에서 처음 제안되었음.

"우리도 자식을 키워봤지만, 자식들은 크면서 부모라는 존재를 잊는 경우가 많잖아요? 지 혼자 저절로 큰 줄 알고, 부모에게 따지려 들기나 하고. 물론 우리 인호야 안 그렇지만…."

"동물을 가족으로 생각하면서, 자식을 낳는 대신 동물을 아이처럼 기르는 '딩크 펫 족'*이 늘어난다는데? 그들에게는 애완동물이 곧 자녀이기 때문에, 부모가 자녀에게 돈을 아끼지 않듯이, 그들은 애완동물에 아낌없이 투자한다는 거지. '가족'이 잘 먹고 예쁜 옷을 입기 원하듯, 그들은 애완동물이 그렇게 하기를 원한다는 거고. 이런 딩크 펫을 겨냥해 애완동물용 명품 브랜드 시장이 빠른 속도로 커질 거라는 전망도 나온대. 그리고 사실 이런 세태변화의 이면에는 우리 사회의 그늘이 숨어있다고 봐야 해. 그동안 승자가 독식하는 사회에서 사람들은 숨

---

* 딩크 펫(DINKpet): 정상적인 부부 생활을 영위하면서 의도적으로 자녀를 두지 않는 맞벌이 부부. 딩크(DINK·Double Income, No Kids)와 애완동물을 뜻하는 펫(pet)의 합성어. 자녀 대신 애완동물을 키우며 애정을 쏟는 사람들을 일컫는 말.

가쁘게 살아왔건만 손에 쥐는 것은 없고. 모두가 서로를 이겨먹을 생각만 하고, 모두를 적으로 여기니까. 이 사회가 피곤한 거지. 숨 쉴 여유는 더 없어지고. 소통과 돌봄, 나눔이 인간의 본능에 가까운 건데, 그런 것들이 무너지니까 퇴행적 행태가 나타난다고 말해야 하나? 어떻든 비극이야. 현대사회의 각박함과 고독함, 두려움 등이 그런 현상을 만들어냈다고 봐야지."

"아무리 그래도 개 장례식은 좀 그렇잖아요?"

"하하… 글쎄. 유산도 물려준다는데, 장례식 정도는 놀랄 일도 아니지. 어떤 사람은 애완견이 암에 걸리자 수술도 시켜주고 한 대당 수백만 원짜리 항암주사를 몇 달씩 맞춰주었다니까, 할 말 다 한 거지 뭐. 어떻든 애완견을 돈으로 키우려는 발상 자체는 문제야. 아마 개들도 호의호식하는 것보다 주인으로부터 사랑받는 것을 더 좋아할 걸."

"사랑하니까 그런 일도 하지요. 누가 돈 아까운 줄 모르겠어요? 그래도 사랑하면 가진 것 다 주고 싶잖아요? 우리 식구들이 딸콩이에게 사랑을 많이 준 덕분에 성격이 얼마나 밝아졌는지 몰라요. 몸도 건강해졌고요. 말을 못하면서도 본능적으로 그걸 알아차리는 것 보면 신기해요. 사람도 사랑을 받은 사람이 건강하고 성격도 좋다잖아요? 사물을 보는 눈도 긍정적이고 적극적이고, 또 사랑을 남에게 나눠줄 줄도 알고요."

이유식을 섭취하자 용변의 양 역시 늘어났다. 그보다 더 중요한 변화는 냄새를 맡아본 딸콩이가 다시는 변을 받아먹지 않는다는 사실.

"자기 젖 이외의 것이 들어가니까 그런 거여요. 이제부터가 중요한데, 대소변 가리는 훈련을 시켜야 하거든요. 처음부터 습관을 잘 들여놓지 않으면, 지들이나 우리나 평생 고생한다고요."

"참. 거쳐야 할 과정도 많네. 지난번에는 딸콩이 버릇 잡는다고 설치더니, 이번에는 깍지, 꼭지야?"

"지들도 이제 컸으니까, 훈련을 받아야지요."

그날부터 녀석들의 버릇을 잡기 위한 고강도의 훈련이 시작되었다. 지정된 장소가 아니면 호되게 나무라고, 정 말을 듣지 않으면 가볍게 매도 때렸다.

"당신, 그러다가 동물학대죄*로 잡혀가면 어쩌려고 그래?"

"여기가 미국이어요? 남자들은 살림을 안 해봐서 모르지, 집안에서 냄새 난다고 생각해 보세요. 그리고 애견하우스에서도 훈련 잘 된 개를 반겨요. 팔아먹기가 좋거든요."

"당신은 밤낮 팔아먹을 궁리만 해?"

"어떻든 어디론가 보내야 할 것 아니어요? 그러면 당신이 세 마리 다 데리고 살 거여요?"

"아이구, 한 여자로도 충분하네요."

---

* 동물학대란 자기방어나 생존이 아닌 이유로 사람을 제외한 모든 동물에게 고통을 가하는 행위를 말한다. 보통 자기 취향이나 고기, 모피, 돈을 얻기 위해 학대하는 경우가 많다. 동물을 어딘가에 가둬 놓거나, 묶어 놓거나, 음식이나 물을 조금, 또는 주지 않거나, 동물을 차고 때리는 행위가 포함된다. 마하트마 간디는 이렇게 말했다. "한 나라의 위대함과 도덕성은 동물을 다루는 태도로 판단할 수 있다. 나약한 동물일수록 인간의 잔혹함으로부터 철저히 보호돼야 한다." 그리고 그의 생일인 10월 2일은 '세계 농장동물의 날'로 정해졌다.

"뭐예요? 그걸 지금 유머라고 하는 거예요? 좌우간 이제 이유식으로도 안 되겠어요. 사료를 먹여야 하는데, 썰렁한 유머 쓴 죄로 당신이 동물병원에 가서 좀 사오세요."

"딸콩이 걸 같이 먹게 하면 안 되나?"

"알맹이가 굵고 딱딱하잖아요? 새끼용으로 나온, 작고 부드러운 것이 따로 있다구요."

정식 사료를 먹기 시작한 후로 녀석들의 몸은 부쩍 커져갔고, 변에서 나는 냄새 역시 독해져 갔다.

이제 몸집만 보아서는 둘 사이에 별 차이가 없었다. 하지만 두 녀석의 기질과 성격은 확연히 구별되었다. 깍지의 경우, 음흉하게 느껴질 정도로 내성적인 데다 주위의 시선에 무심한, 곧이곧대로의 성격이었다. 굳이 자기 자신을 드러내려 하지도 않고, 남의 기분을 이해하려 들지도 않았다. 묵묵히 제 할일만 하되 방해받는 것을 싫어했고, 당연히 애교라곤 눈곱만치도 없었다.

반면, 꼭지는 활달하고 명랑했으며, 주변의 시선에 대단히 민감하여 애교가 철철 흘러넘쳤다. 식구들의 기분이 좋아 보이면 안하무인격으로 행동하다가, 정색하여 나무라면 몸을 벌렁 뒤집어 애교를 떨었다. 어미의 기분이 괜찮은 것 같으면 천방지축 날뛰다가도, 정말 화난 표정을 지으면 두 발을 앞으로 모아 납작 엎드렸다. 식구들이나 딸콩이의 사랑을 독점하려는 의식이 매우 강했고, 언니에 대한 경쟁의식 또한 뜨거웠다. 시기 질투의 감정까지 가감 없이 표출하곤 했다. 아무리 불러도 들은 체 만 체 제 일에만 열중하는 깍지와 부를 때마다 바람같이 달려와 품에 안기는 꼭지. 과연 누구에게 더 애정이 갈까? 상민은 당연히 꼭지 쪽이었다.

'물론 깍지가 훨씬 더 정직하고 진실하긴 하다. 간사하지 않고 올곧기만 한 성품은 조선시대의 선비를 닮아 있다.'

이 대목에서 상민은 사육신(死六臣) 성삼문의 절개를 떠올렸다. 고문 등으로 만신창이가 된 그에게 세조가 묻는다.

"강희안이 너와 공모하였느냐?"

"선왕의 명신(名臣)들을 다 죽여도, 그만은 남겨 두고 쓰시오. 참으로 어진 사람이오."

죽음을 눈앞에 두고서도 벗에 대한 의리를 저버리지 않았던 성삼문은 절의가(絶義歌)를 남겨, 후세들에게 충절(忠節)의 고결함을 교훈하였다.

이 몸이 죽어가서 무엇이 될 꼬 하니
봉래산 제 일봉에 낙락장송 되었다가
백설이 만건곤할 제 독야청청 하리라

그럼에도 불구하고 꼭지에게 호감이 가는 것은 인지상정.

'충신보다 간신배에 마음을 빼앗긴 임금의 심리 상태가 이런 것이었을까? 양약(良藥)은 입에 쓰고, 충언(忠言)은 귀에 거슬린다는 말이 있지만, 양약이나 충언을 좋아할 사람은 어디에도 없다. 더욱이 전

제군주나 독재자라면 더 말할 나위도 없을 터. 그렇다면 혹시 내가 백성들의 소리보다 측근의 아부에 귀를 기울이는, 그런 통치자의 스타일은 아닐까? 하지만 요령도 없고 애교도 없는 깍지가 싫다. 왜냐고? 바로 나를 닮아서….'

상민의 경우, 자신의 성격이 맘에 들지 않았었다. 수줍어하고 움츠러드는 데다 미련하게 고집만 센 스스로가 싫었다. 때문에 활달하고 거침없는 성격의 인호를 바라보며, 참으로 다행스럽다 여기는 중이었다.

'제발 나를 닮지 말거라. 너는 당당하고 야무지게, 씩씩하게 세상을 살아가거라. 움츠러들지 말거라. 어깨를 쫙 펴고 걸어라. 그리고 때로는 너 자신을 굽힐 줄도 알아라. 제발 나처럼 우직하게, 미련스럽게 살지는 말거라.'

물론 그러한 기질 형성이 깍지 자신의 탓만은 아닐 거라 짐작했다. 열악한 태내 환경, 까닭 없이 핍박을 받아야 했던 젖먹이 시절의 불운 등이 겹쳐서 이루어진 일일 터.

'하지만 불운(不運) 역시 능력이다! 이왕이면, 좋은 환경 속에서 자랄 것이지…. 그런데 과연 이것이 도덕적으로 옳은 판단인가? 아니지. 아니야. 도덕이란 그 개인의 의지나 노력의 유무로 평가되어야 하거늘, 어찌 우연한 조건을 문제 삼는가?'

그야 어떻든 어미 뱃속의 양호한 환경은 꼭지로 하여금 긍정적이고 적극적인 기질을 갖게 해주었을 것이고, 열악한 조건은 깍지에게 부정적이고 소극적인 성격을 형성하게 했을 것이다. 맘껏 젖을 빠는 일은 건강한 육체와 자신감 넘치는 정신을 선물했을 것이고, 핍박과 배고픔의 경험은 왜소한 육신과 곤고한 영혼을 유산으로 남겼을 터. 그리고 그 옹색한 정신 속에서 피해의식과 소외감은 점점 커져만 갔을 것이다.*

---

* 『동물해방』의 저자 피터 싱어는 "영장류와 돌고래 등은 자기 자신을 인식하고, 과거와 미래를 생각할 줄 안다는 측면에서 사람과 똑같은 인격체로 보아야 한다."는 독특한 생명윤리 이론으로 유명하다. 그는 "인격체가 아닌 동물도 고통을 느낄 수 있는 생물이기에 보호해야 한

"이상하게 들릴지 몰라도, 난 이 애들을 보면서 교육에 대한 생각을 많이 해. 꼭지가 애교가 많은 것은 사랑을 많이 받고 자란 덕분이야. 깍지의 경우는 늘 무뚝뚝하고 까칠하잖아? 어쩐지 항상 화난 표정을 짓고, 또 그걸 보고 있노라면 우리도 불편해지고. 사랑받지 못한 채로 자라난 아이들은 늘 피해의식에 시달리기 때문에 부정적이고 파괴적인 시선으로 세상을 보고, 남을 사랑할 줄도 모르지. 또 그러다보면 자연히 남들로부터 사랑을 받지도 못하고. 사람도 어려서부터 사랑을 듬뿍 받고 자란 경우는 상냥하고 친절한 반면, 무관심이나 미움 속에서 성장한 경우는 좀 삐딱하잖아? 그게 다 사랑을 받는 데 익숙하느냐 서투느냐의 차이가 아닐까 싶어. 그야말로 선순환 혹은 악순환인 거지. 가령 누가 왔을 때에도 꼭지는 꼬리를 흔들며 품에 곧잘 안기는데, 깍지는 막무가내로 으르렁대잖아? 그러

다."고 주장하는 동물 보호론자다.

니 사람들이 누굴 더 좋아하겠어? 나 같아도 이왕
이면 꼭지를 안아주지."

"그래서 깍지가 더 불쌍하지요. 자기 탓이 아니
잖아요? 그래서 깍지를 더 챙겨야 하고요. 우리가
더 사랑해주어야 한다고요."

"나도 그건 아는데. 세상 일이 어디 마음먹은 대
로 되나? 머리로는 그래야 한다 판단하면서도, 마
음이 따라가 주지 않는 걸. 어떻든 두 녀석의 세상
보는 눈이 서로 다르다는 뜻이야. 세상을 아름답게
보면 아름답게 되고, 추하게 보면 추한 모습만 드러
나기 마련이거든. 세상만사 마음먹기 달렸다는 말
도 있잖아? 꼭지와 깍지 중에 누가 더 예쁘냐는 차
원이 아니고, 누가 더 예쁘게 세상을 바라보느냐의
차이란 뜻이지. 인생을 대하는 태도도 매 한가지일
테고."

"깍지가 세상을 일부러 삐딱하게 보려 하거나 그
런 것은 아닐 거예요."

"물론. 하지만 자기 의사와는 무관하게, 어느 틈

에 그런 눈을 가질 수 있다는 뜻이야. 사실 깍지가 더 외롭고, 그래서 더 약한 쪽이라 봐야지. 우리가 더 보살펴야 할 대상이기도 하고. 하지만 우리 자신도 약하다보니 그러지를 못하는 거고."

《5》

딸콩이 가족과 함께 할 수 있는 시간은 더없이 행복했다. 하지만 그 시간은 그리 오래 가지 못했다. 새끼들 덩치가 커짐에 따라 작은 아파트는 더욱 비좁게 느껴졌고, 사료값 역시 무시할 수 없으리만치 늘어났다. 대소변의 양 또한 몰라보게 불어났으며, 여름이 다가오면서 냄새는 더욱 독해졌다. 목욕시키는 수고의 양도 그만큼 늘어났으며, 한 마리가 짖어댈 때 나머지 두 마리가 덩달아 합창을 해대는 '소음 공해' 역시 만만치 않았다.

"더군다나 웃기는 것은요. 딸콩이 혼자일 때에는 우리가 나무랐을 때 금방 수그러들곤 했었는데, 셋이 모이니까 여간해서는 고집을 꺾지 않는 거예요."

"하하하… 지들도 힘을 합치니까, 배짱이 생기나 보네. 그러고 보니, 인간 대 동물이 3대 3으로 똑같네?"

"딸콩이도 지 새끼들이 있다고 그런지, 목에 힘을 주더라니까요."

"그래? 교만하면 목이 부러진다고 했는데?"

결국 키우겠다는 사람이 나서면, 한 마리씩 분양해주기로 '합의'를 보았다. 그런데 문제는 누구를 먼저 보낼 것이냐 하는 것. 이를 놓고 가족 간 의견이 충돌하기 시작했다. 수희는 어디까지나 딸콩이 편이었다.

"우리 딸콩이가 새끼 낳느라, 얼마나 고생을 많이 했어요? 몇 달 동안 뱃속에 담고 다니는 일도 보통이 아닌데, 출산할 때의 그 고통을 남자들이 짐작이나 하겠어요? 또 성격이 얼마나 희생적이고 인내심이 강한지 몰라요. 새끼들이 해주란 대로 다 해주잖아요?"

아닌 게 아니라 녀석의 경우, 출산 전과 후의 모습이 확연히 달랐다. 먹을 것을 향해 염치없이 달려드는 새끼들에게 흔쾌히 양보를 하는가 하면, 아무리 짓궂은 장난을 걸어와도 묵묵히 참아냈다. 도가 지나쳐 너무 화가 날 때에는 이를 드러내며 으르렁거리기도 했지만, 그건 어디까지나 엄포용에 불과했다. 처음 집에 왔을 때의 이기적이고 고집 센 딸콩이가 결코 아니었다. 아픈 만큼 성숙해졌다고 표현해야 할까?

"새끼 낳느라 고생도 많이 했고, 또 그동안 함께 살아온 정도 있어서 딸콩이는 절대 안 돼요."

"그럼 누굴 보내? 난 꼭지가 마음에 드는데. 애교 있고, 싹싹하고, 명랑하고, 밝은 성격에 건강하고. 여자란 모름지기 애교가 있어야 하거든. 달려와 품에 안기는 맛이 있어야지, 뻣뻣해갖고 다니면 이떤 남자가 좋아하겠냐고?"

"갑자기 웬 여자 타령이어요? 지금 나 두고 하는 말이어요?"

"아니, 말이 그렇다는 거지. 애완견이 뭔데? 사람이 좋아서, 그냥 기분 좋자고 키우는 거 아니야? 이왕이면 마음에 드는 강아지를 키워야지, 여기가 무슨 양로원이야?"

"그럼 딸콩이가 노인이라도 된단 말이어요? 노인이라도 그렇지, 그동안 지내온 정이 있으면 잘 모셔야지요. 아무튼 되게 인정머리도 없어. 당신은 내가 늙고 병들면, 맘에 안 든다고 내칠 거여요?"

"또 괜히 엉뚱한 시비 걸고 있네. 누가 그런대? 당신하고 딸콩이가 같아?"

"이치로 따지면 똑같지요. 당신 사고방식이 그런 거 아니냐고요? 달면 삼키고, 쓰면 내뱉고."

"말하는 꼬라지 좀 봐라. 당신은 그게 단점이야. 항상 정 따지고, 의리 따지고. 그 때문에 일을 망치는 경우가 얼마나 많은데? 개 한 마리 보내는데, 무슨 인정을 따지고 그러냐고? 세 마리 다 키울 수 있으면 좋은데 그렇지 못하니까 누군가를 보내야 하고, 그래서 지금 그 일을 상의하는 중이잖아? 개들을 무슨 보신탕집으로 보내는 것도 아니고, 솔직히 좋은 환경 만나면 아웅다웅 싸우는 여기보다 더 행복할 수도 있잖아? 정 그러면 깍지를 보내든 지…."

"깍지는 인호가 안 된다고 하잖아요?"

"그 녀석은 또 왜 그런대?"

"깍지는 성격이 모나고 까탈스러워서 아무 데서나 적응을 하지 못한다고요. 우리 식구나 되니까 꼴을 보지, 누가 보겠어요? 그러니까 인호 말은 어디에서나 쉽게 적응해 살아갈 수 있는 꼭지를 보내자는 거지요."

"참 나. 어떤 면에서 나보다 백 번 낫네. 난 내 입장만 생각하는데, 아들 녀석은 상대방을 먼저 배려하니 말이야. 그럼 어떡해? 그래도 난 꼭지가 좋은데…."

상민과 수희가 머리를 맞대고 상의하던 중, 이해(利害)관계가 맞아 떨어지는 지점을 발견하고야 말았으니. 인호가 학교 간 틈을 이용하여 깍지를 '회생양'으로 만들자 의기투합하였던 것.

　백운동 카리타스 수녀원으로 깍지를 보낸 후, 녀석의 반응이 두려워 숨을 죽이고 있었다. 하지만 인호는 의외로 담담했다. 불쌍하고 가련해서 그랬을 뿐 녀석 역시 썩 맘에 들지는 않았던지, 아니면 이곳보다 더 사랑을 받을 수 있는 곳이라는 감언이설에 깜박 속아 넘어갔는지 그것은 알 수 없었다. 그러나 아니나 다를까, 며칠이 못되어 녀석은 졸라대기 시작했다.

　"우리 깍지 보고 싶어요. 오늘 보러 가요. 네?"

　"수녀님들이 잘 키우고 있단다. 깍지가 예뻐 서로 만져 보려 난리라는데, 깍지가 얼마나 행복하겠냐? 그리고 우리를 만나자 마자 헤어져야 하는데, 그러면 깍지 마음이 더 아프지 않을까?"

　"…알았어요."

　스스로의 욕망을 절제할 때마다 눈물을 글썽이던 녀석, 감사하게도 그가 깍지를 차츰 잊어가기 시작했다.

그로부터 1년여의 세월이 흐른 어느 날. 광주은행 봉선동 지점의 김 차장이 강아지 한 마리만 달라고 조른다는 소식이 들려왔다. 그로 말할 것 같으면, 대출 문제로 잠깐 얼굴을 익힌 사이에 불과했다. 그런 그가 어느 날 갑자기 현관에 들어서더니, 인호의 손에 대뜸 10만 원 짜리 수표 한 장을 쥐어주는 것이 아닌가?

"선물도 못 사오고 그래서요. 가볍게 생각허십시오."

그러나 '가볍게' 생각할 수 없는 사안, 분명 어떤 복선이 깔려있을 거라 짐작했다.

"저 사람이 무슨 일이야?"

"여보. 우리 꼭지를 보냅시다. 뒤치다꺼리하기도 벅차고, 김 차장이 우리에게 그렇게 잘하잖아요? 그런 데다 그 집 아이들이 요크셔테리아를 갖고 싶어 죽을락 한데요."

"그럼 한 마리 사면 될 거 아니야? 왜 우리 것만 가져가려고 그런대?"

"이왕이면 아는 집에서 사고 싶다고요. 애견하우스에 가면, 근본을 모르는 개들이 많다고."

"근본? 아니, 사람도 근본을 따지지 않는 세상에, 개 근본을 따져 뭐하게?"

"아이고, 당신도 그 뭐 까치인가 뭔가가 맘에 안 든다고 그랬잖아요? 값을 달라면 50만원이라도 주겠다고 저 난리이니, 참 저도 난처하네요. 체면상 계속 거절할 수도 없고…."

"체면은 무슨 체면이야? 대출금 이자 넣어주면 되는 것을…."

상민의 말에 웬만하면 토를 달지 않는 수희였다. 그런데 이번에는 좀 달랐다. 잊어버릴만하면 다시 그 말을 끄집어내곤 했다. 며칠 동안 실랑이를 벌이다가 드디어 짜증을 내고 말았다.

"모처럼 맘 붙일 강아지 하나 생겼는데, 그걸 기어이 보내야 당신 맘이 편하겠어? 내가 언제 이런 적 있었어? 왜 두 마리 함께 키우자는데 난리야?"

"그러는 당신은 쟤들을 위해 뭘 했는데요? 목욕

한번 시키지 않고 몸에 빗질 한번 해주지 않으면서 그런 말이 나와요?"

"그런 거야 집안의 여자들이 하는 거지. 그리고 내가 하기 싫어 안 했나? 손재주가 없는데 어떻게 하냐고?"

"그러니까 나만 힘들다고요. 쟤네들 수발들기가 얼마나 벅찬데, 여자 속은 모르고….'

"아니, 근데 저 여자가. 당신, 김 차장으로부터 뇌물 받아 먹었어? 아니면 이자 좀 밀렸다고, 약점 잡혔어? 이자는 곧 넣어준다잖아? 왜 꼭지를 보내지 못해 안달이야, 안달이?"

꼭지 일만 생각하면, 속이 상하고 머리가 지끈거렸다.

'도대체 이 꼴이 뭐야? 식구들끼리 서로 기분 좋자고 키우는 애완견이 도리어 논쟁을 유발하는 뜨거운 감자로 변하다니. 이럴 바에야 차라리 보내 버려? 수희나 김 차장이 쉽게 물러설 것 같지도 않고, 둘의 협공을 혼자서 배겨낼 재간도 없고, 결과적으

172

로 몸값은 받은 꼴이 되었고. 김 차장도 사람은 괜찮아 보이는 데다, 또 아이들이 유난히 개를 사랑한다고 하니 꼭지 역시 시간이 지나면 행복해할 것도 같고. 그런 데다 꼭지가 딸콩이와 싸우는 꼴도 보기 싫고. 그래. 이 좁은 집에서 서로 부대끼며 아옹다옹하느니, 맘껏 사랑 받을 수 있는 곳에 가는 것도 나쁘지는 않겠다.'

상민의 암묵적인 동의하에 꼭지는 화순으로 보내졌다. 그러나 꼭지가 떠난 후, 며칠 동안 통 일이 손에 잡히지 않았다.

'내가 왜 이럴까? 그까짓 한 마리 강아지 때문에 내 마음이 이렇게 허전하다니. 그 때에는 최선이라 여겼는데, 그게 아니었나? 회피할 수 없는 상황이 나를 그런 쪽으로 몰아갔을 뿐, 내 속마음은 꼭지를 보내고 싶지 않았나? 아마 그랬을 거야. 아니, 분명 그랬어. 그러나 이제 와 돌이킬 수도 없는 노릇, 간혹 얼굴이라도 보는 것이 상책이려니….'

주말 오후 불현듯 집을 나선 데에는 숨넘어가는

인호의 독촉도 한몫 거들었다. 봉선동을 출발한 승용차는 화순 너릿재 터널을 통과하여 내리막길 끄트머리에서 오른쪽으로 꺾어들었다. 그리고 얼마 지나지 않아 한적한 마을에 자리한 한 아파트 앞에 당도했다. 상민네 가족이 현관을 들어서는 순간, 꼭지가 인호를 향해 와락 달려들었다.

"꼭지야…."

"아이구, 이 자식…."

세 사람에게 번갈아 안기는 동안, 꼭지는 코 먹은 소리를 내며 기절이라도 할 듯 좋아했다.

'세상에… 한 달이 지났는데도 우릴 잊지 않고 있었구나. 아니, 이 날을 손꼽아 기다렸던 게로구나.'

자신도 모르게 눈물이 핑 돌았다.

"야, 세상에. 우리가 고로코 잘해 주었넌디, 옛날 주인을 보고 환장을 허구만. 환장을 해."

"……."

예기치 않은 상황 앞에서 김 차장의 얼굴은 당혹스러움과 소외감, 배신감이 혼합되어 묘하게 일그러졌다. 도착한 첫날만 조금 우울한 표정으로 앉아 있었을 뿐, 그 다음날부터는 밥도 잘 먹고 아이들하고도 잘 놀았단다. 조금 전까지만 해도 재미있게 잘 놀았는데, 복도에서 상민네 식구 발자국 소리가 들리는 순간, 갑자기 뛰어 나가더란다.

"다 잊어버린 줄 알았지요. 그런데 시상에나. 지속은 따로 있었든 생이구만은. 꼭 시집간 딸이 친정 엄마 만난 듯 허네요."

김 차장 아내도 놀래어 입을 다물지 못했다. 명랑하고 싹싹하고 애교가 넘쳤던 꼭지, 그래서 어디서든지 적응을 잘할 줄로만 알았던 그 아이에게도 일편단심은 있었던 것이다!

'말을 못해서, 표현을 못해서 그렇지 사람보다 낫구나. 배신을 밥 먹듯 하고 약속을 헌신짝처럼 버리는 인간 말종들이 넘쳐나는 이 시대에, 이 꼭지를 닮은 의리만큼이라도 있으면 좋으련만.'

자기를 바라보는 식구들의 마음을 아는지 모르는지, 꼭지는 인호의 손을 혀로 핥고 얼굴을 빤히 쳐다

보기도 했다가 또 몸을 뒤집어 재롱을 피우느라 여
념이 없었다. 왜 나를 버렸느냐는 원망 대신 이렇게
먼 길 찾아와주어 고맙다며 사례(謝禮)의 의식을 치
루는 중이었다. 장원급제 암행어사 이도령을 만난
춘향이처럼, 왕비 된 딸을 만나 눈을 뜬 심봉사처럼,
강남제비 박씨를 수확한 흥부처럼 녀석은 생(生)의
환희를 만끽하고 있었다. 다시는 이 기쁨, 이 행복을
빼앗길 수 없다며 발버둥치고 있었다.

  '그래. 그동안 생면부지(生面不知)의 사람들 앞에
서, 마음에도 없는 아양을 떨어야 했던 네 심정이 오
죽했겠냐? 어떻게든 인고(忍苦)의 세월을 견뎌내야
한다고 수없이 다짐했을 네 마음이 오죽했겠느냐?'

  언젠가 반드시, 그리운 옛 주인이 나타나리라 고
대하고 고대했을 녀석의 마음, 외로움과 고독을 희
망으로 대체하며 버텨냈을 녀석의 심장을 생각하
니, 가슴이 저려 왔다.

  '아, 저렇게 좋아하는 녀석을, 이제야 주인이 자
기를 데리러 왔다고 착각에 빠져 있을 저 녀석을

홀로 떼어놓고 다시 떠나야 하다니. 체면 불구하고, 도로 데려가 버릴까? 없었던 일로 하자고, 미안하다고, 나도 견뎌보려 했지만 도저히 안 되겠다고, 손해배상을 하라면 기꺼이 하겠노라고, 그렇게 백배사죄하고 함께 가버릴까?'

하지만 아무리 생각해도, 그건 아닌 것 같았다.

'그것은 벌써 정이 들어버린 이곳 아이들에게 상처를 주는 일이 될 것이기에. 우리가 받은 상처를 그 아이들에게 돌려주어서는 안 되는 일이기에.'

이런저런 상념 속에, 두어 시간이 훌쩍 지나고 말았다. 조금만 더 놀고 가자 조르는 인호의 손을 잡아끌며 대문을 나서는데, 꼭지가 따라 나오려 발버둥을 친다. 그 모습을 바라보노라니, 차마 발길이 떨어지지 않았다. 또다시 온다는 보장도 없고, 꼭지가 찾아올 거라는 기대도 난망. 그렇다면 이 순간이 우리들 생에 있어 마지막이 될지도 모른다. 다시 한 번 녀석을 꼭 껴안았다.

"꼭지야, 잘 있어. 이제 좋은 집에 왔으니까, 행복

하게 잘 살아야 해."

마지막 작별의 말을 마치고 녀석을 떼어내려 하
는데, 몸에서 떨어지지 않으려 발버둥을 친다.

'그래. 너도 고통스럽지? 우리도 마찬가지야. 앞
으로는 이렇게 아픈 이별을 피하기 위해서라도, 다
시는 찾지 않으마. 사랑한다. 꼭지야.'

한 달 전 꼭지가 집을 떠날 때에도 상민은 일부러
피했었다. 생이별의 현장을 차마 받아들일 자신이
없어서였다. 그런데, 그런데 이곳에서 그 일과 맞닥
뜨리다니. 가까스로 현관문을 닫고, 엘리베이터 앞
까지 걸어갔다. 눈물이 앞을 가려 뒤를 돌아보지 못
하는 중에 인호가 또 졸라댔다.

"아빠, 나 꼭지, 한번만 더 보고 올게요."

가루처럼 부수어지는 녀석의 심장을 십분 이해
하는 터라, 허락하지 않을 수 없었다.

"그럼 빨리 갔다 와."

잠시 후, 돌아온 녀석의 눈에는 아니나 다를까.
눈물이 가득 고여 있었다. 그리고 돌아오는 차 안에

178

서 세 사람은 아무 말도 하지 않았다. 이튿날. 김 차장에게서 전화가 걸려왔다.

"아따! 그 꼭지란 놈 뺄 것입디다 거. 가시는 것 보고 올라 갔데이, 그때까장 현관문 앞에서 꼼짝도 않고 서 있어라우. 들어가자고 암만 잡어 땡개도, 문 쪽만 쳐다보고 있드란 게라우. 나는 하마 다 잊어버린 줄 알았데이, 그것이 아니드란 게라우. 우리가 참 잘해 주거든이라우."

"그렇지요. 물론 그러셨겠지요."

'하지만 내가, 우리가 쏟았던 사랑까지는 아직 아닐 걸요? 딸콩이 뱃속에 잉태되는 순간부터, 이 세상에 태어나 처음 눈을 뜨던 때로부터 우리와 나누었던 그 진하고 진한 사랑까지는… 시간이 많이 걸릴 거예요.'

아니, 어쩌면 사랑은 시간의 문제가 아닐지도 몰라요. 사랑은 말로 강조한다고 되는 게 아니거든요. 사랑은 본능이어요. 그건 나와 상대를 구별하지 않는 거거든요. 아니, 나보다 상대를 더 헤아리는 거

지요. 헤어질 때 쳐다보던 꼭지의 그 애절한 눈이
생각났다.

'주인님, 제발 나를 데려가 주세요. 여기는 내 집
이 아니잖아요? 제발요.'

안다. 네 속을 내가 다 안다. 그래서 나도 어젯밤
한숨도 자지 못했단다.

그로부터 다시 1년여가 흐른 어느 날, 불현듯 녀
석이 보고 싶어 견딜 수 없었다. 그동안 잊었다고
여겼는데, 잊으려 애를 썼을 뿐임을 알아차렸기 때
문이다.

"작년에 다녀오면서 엄청 후회해놓고, 뭐 하러
또 가요?"

"그래도. 인호가 보고 싶어 할 것 같기도 하고."

"핑계는. 인호는 차츰 잊어가는 중이니까, 말도
꺼내지 마세요. 말을 안 할라고 그랬는데. 당신 놀
라지 마세요."

"……?"

"꼭지가요. 큰 개에 물려 죽었대요. 엊그제 연락이 왔었어요. 당신 속상할까 봐, 말을 안 했지만…."

"뭐야? 그게 무슨 소리야?"

"꼭지가 죽었다고요."

"야! 그래서 내가 보내지 말자고 그랬잖아? 이게 다 당신 탓이야. 내 말을 안 듣더니, 결국 그런 일이 일어나잖아? 이 애팬네가 고집을 피우더니, 그까짓 돈에 넘어가더니… 꼭지 살려내. 살려내라고!"

무슨 말을 지껄이는지, 자신도 알 수 없었다. 오직 꼭지가 불쌍하여, 너무나 마음이 아파 정신없이 소리를 질러댔다.

사건의 개요인즉 이렇다. 그 집에서도 유난히 꼭지를 예뻐하여 거의 날마다 목욕을 시키고, 꼬박꼬박 산보도 시켰단다. 꼭지도 그 일을 좋아했을 뿐더러, 운동도 시킬 겸 해서. 그런데 사고 당일 초저녁. 김 차장이 아파트 앞 슈퍼에 들어가 잠깐 한눈을 파는 바람에, 앞에서 어른거리던 꼭지를 어미 불도 그*가 한 입에 물어 흔들어버렸다는 것. 작은 몸뚱

이가 하마의 그것과 흡사한 이빨 사이에 끼었으니,
현장에서 즉사할 것은 당연지사.

　"요새 도사견*이 아이를 물어 죽였다는 기사도
나오고 그러잖아요? 그 전부터 꼭지가 그 개를 보기
만 하면, 옆에 다가가 짖고 놀리고 했대요. 성격이
활달하다보니 그랬겠지만, 하룻강아지 범 무서운
줄 몰랐던 거지요. 그 불도그 입장에서는 그동안 참
고 참았던 것이 한꺼번에 폭발해 버린 건데, 몸집이
어디 비교나 돼요? 아이고, 불쌍한 우리 꼭지…."

　"그 개새끼 주인은 뭐했대? 그런 개를 풀어놓으
면, 책임도 져야 하잖아?"

　"책임은요. 불도그는 개 줄에 묶여 있었는데, 꼭
지는 그냥 풀어져 있었을 거 아니어요? 그러니까 꼭

---

*　불도그(Bulldog): 투견, 애완견. 몸높이 30~41㎝, 몸무게 23~25㎏으
　　로, 영국 원산지. 17세기 초 황소를 잡는 개로 이름을 얻었다. 수명은
　　8~10년.
*　도사(Tosa): 원산지는 일본이며, 다른 나라에서는 잘 볼 수 없는 희귀한
　　품종. 주인과 재산을 지키는 뛰어난 경비견으로 유명하다. 키는 수컷
　　60cm 이상, 암컷 55cm 이상. 자신의 가족들과 함께 있을 때에는 깊은
　　애정을 보이지만, 낯선 사람에게는 쌀쌀맞게 대한다. 다른 개나 동물과
　　같이 두는 것은 주의할 필요가 있다.

지 같은 강아지를 방치해 둔 주인에게 책임이 있다 하여, 도리어 뒤집어쓰게 생겼더래요. 그래서 김 차장이 말도 꺼내지 못했대요. 물론 보상도 없고요."

"뭐야? 그럼 문자 그대로 개죽음이네?"

"암튼 당신, 인호에게 절대 말하면 안 돼요. 이 사실 알면, 기절초풍할 걸요."

그러나 녀석은 무슨 예감이 들었는지, 그 무렵부터 딸콩이를 유난히 챙기기 시작했다.

"아빠. 나 없을 때, 딸콩이 팔면 안 돼요. 이제 딸콩이는 늙어 갔고요, 다른 집에 가면 천대받고 그러잖아요. 우리 집에서 하늘나라 가게 해야 돼요. 알았지요?"

"알았어. 염려 마."

그 대답은 진심이었다. 어떤 일이 있어도 딸콩이만은 끝까지 지켜주련다!

《6》

봉선동에서 일곡동으로 이사한지 2년. 딸콩이와 희로애락을 함께 한 세월도 어느덧 10여년이 흘러 갔다. 그 사이에 인호는 초등학교와 중학교를 졸업 하고, 어느새 고등학교에 진학해 있었다. 하루는 봉 선동엘 다녀와 하는 말.

"아빠, 우리 친구들이요. 아직도 니네 아빠 엘란 트라 타고 다니시냐고 물어요. 그래서 그런다고 하 면요. 야, 골동품 다 됐겠다고 하면서 놀래거든요. 아빠 차 좀 바꾸세요."

"아직도 멀쩡한데 왜 차를 바꾸냐? 자동차 10년 타기 운동도 있는데. 난 20년은 탈 거다. 자원낭비 하지 않아서 좋고, 쓰레기 배출하지 않아서 좋고, 우리 돈 절약해서 좋고. 일석삼조인데, 그걸 모르고 사람들은 자꾸 새 차만 타려 하니까, 문제가 생기는 거 아니야?"

32평 아파트로 이사 오면서도, 가구나 가전제품

은 새로 장만하지 않으려 했었다. 그 문제 때문에 수회와 여러 차례 다투었고, 결국 수회가 인호 녀석과 함께 벌인 협공작전에 두 손을 들고 말긴 했지만.

"그 담에는요. 니네 집 딸콩이 아직도 살아있냐고 물어요. 살아있다고 하면요. 야, 지독하다. 지독해. 인제 보신탕 끓여 먹어도, 맛이 없겠다고 그래요."

"뭐야? 초등학교 동창 녀석들이 그런 말을 한단 말이야? 녀석들, 벌써 머리 컸다고 별 소리를 다 하네. 하지만 딸콩이 듣는 데서, 보신탕 소리는 하지 마라. 얼마나 서운하겠냐? 그리고 너도 절대 보신탕 같은 거 먹지 말고."

"왜요? 딸콩이 말고는 괜찮잖아요? 맛있다던데요?"

"떼끼! 이 녀석아. 좌우간 넌 안 돼."

상민이 보신탕을 입에 대지 않은 건 바로 그날 이후부터였다. 사랑하는 딸 혜은이 살아 있을 때, 네 식구는 담양 한재골 보신탕집엘 갔었다. 물론 평소에도 썩 좋아하는 음식은 아니었으되, 몸이 허약해진 아내 수희를 생각해서였다. 혹시 영양보충을 하면 좀 나아질까 하여. 그런데 유독 혜은이 진저리를 쳤었다.

"아빠, 이거 멍멍이 고기 아니야?"

"응? 아니 뭐. 왜 그래? 먹기 싫어?"

"너무 불쌍해서. 난 안 먹을래."

"그래? 먹어보면 맛있을 텐데? 좋을 대로 해."

하는 수 없이 돌아오는 길에 자장면을 사먹였었다. 혜은이 하늘나라로 떠난 후부터 보신탕만 보면 그 날의 대화가 떠올라 가슴이 미어졌다. 더욱이 딸콩이를 키우는 마당에야. 이밖에 상민이 보신탕을 입에 대지 않은 데에는 88서울 올림픽도 한몫 거들었다.

88올림픽 전야. 당시 대한민국은 성공적인 올림픽을 개최하기 위해 세계 각국에 사절들을 보내는 등, 홍보에 열을 올려 단 한 나라라도 더 참가시키려고 안간힘을 다했다. 바로 그때. 프랑스의 공영방송에서 생방송을 진행하는데, 사회자가 이름 모를 고기를 가지고나와 패널들에게 맛을 보라 권했다.

상당히 명망 있는 패널들은 우아한 입 동작으로 그 고기를 먹었다. 잠시 후. 고기 맛에 대한 평가와 함께 "어떤 고기라 생각하느냐?"는 사회자의 질문에 여러 답변이 나왔다. 이때 사회자의 답변 왈. "방금 여러분이 드신 고기는 우리가 참가할 이번 올림픽을 개최하는 한국인들이 즐겨먹는 개. 고. 기. 입니다."라고 말했다. 순간 패널들은 처절한 액션으로 구토를 하기 시작했다.

이 사건 이후 프랑스 전역에서 "88올림픽은 이런 야만인들이 개최하는 행사이니, 보이콧해야 한다."는 여론이 비등했다. 마치 불에 기름을 붓는 격으로 이때 혜성처럼 등장한 여배우가 있었으니, B.B라는 애칭으로 불리며 한때 세계적인 섹스심벌이었던 브리지드 바르도였다. 그녀는 은퇴한 후 야생동물 보호 운동가로서 세계를 무대로 왕성한 활동을 벌이고 있었다. 마침 방송을 시청한 B.B는 세계인들을 상대로 88올림픽 보이콧운동을 전개하기 시작했다. 한국 정부에 비상이 걸린 것은 불문가지. 이

때 한 지식인이 나타나 프랑스 사람들이 즐겨 먹는 푸아그라(거위의 간. 세계 3대 진미 중 하나)가 만들어지는 비윤리적인 과정을 폭로하여 물타기를 시도함으로써 조금은 분위기를 누그러뜨렸다. 물론 정부의 보신탕집 없애기 작업도 병행되었고.*

다시 2년이 흘렀다. 인호는 고 3에 진급해 있었고, 딸콩이는 기력이 급속히 쇠잔해졌다. 사람으로 치면 칠팔십 대에 해당하는 열네 살이니 그럴 만하다 여기면서도, 자꾸 신경이 쓰였다. 침을 질질 흘리고 다니는가 하면, 제자리에 앉아 꾸벅꾸벅 졸기 일쑤였다. 감정 표현도 무디어지고 동작도 느려졌다. 사람을 보아도 반가워하기보다 오히려 귀찮아하는 눈치. 모두 힘이 없어진 탓이란다. 그러던 어

---

* 개장, 개장국, 구장(狗醬), 지양탕(地羊湯)이라고도 불리는 보신탕은 옛날부터 여름 더위가 가장 심했던 삼복(초복·중복·말복)에 주로 먹었다. 특히 삼복 날에 먹었던 것은 더위에 지친 몸을 이열치열(以熱治熱)로 회복시켜 준다고 믿었기 때문이다. 그러나 이런 음식 문화가 서양인들이 보기에는 대한민국이 '동물학대국'으로 보였고, 1988년 서울올림픽을 앞두고는 수많은 보신탕집들이 몰락하고 뒷골목으로 밀려나기 시작했다. 이러한 분위기 속에서 보신탕은 혐오식품 단속을 피하기 위해 영양탕, 사철탕 등으로 불리고 있다.

느 날, 콩알처럼 생긴 사료를 한 줄로 죽 늘어놓기 시작했다.

"얘가 왜 안 하던 짓을 하지? 지루해서 장난을 치나? 아니면, 식구들을 재미있게 해주려 일부러 그러나?"

"당신도. 이빨이 모두 빠져 놓으니까 그렇지요."

"언제? 언제 이빨이 빠져?"

"몰라요. 저도 이상해서 어느 날 살펴보니 그렇더라고요."

"그럼…?"

"그렇지요. 저렇게 늘어놓은 먹이를 끝에서부터 하나씩 먹어오더라고요. 씹어 먹질 못하니까, 입에 가만히 넣고 있다가 침에 녹아지면 우물우물 삼키고 그래요. 그래서 침도 흘리고요."

"아, 그래서 그랬구나. 그럼 치과에 데리고 다닐 걸 그랬나? 평소에 양치질도 해주고, 스케일링도 해주었어야 했나?"

"그만 웃기세요. 개 치과가 어디 있어요?* 껌이

있긴 해도, 치아에 도움을 주는 것은 아닌 것 같고요. 나이가 들면 어쩔 수 없어요. 사람도 그렇잖아요?"

"그럼 빠진 이빨은 어디 갔는데?"

"그건 모르지요. 저도 못 봤으니까요. 우물우물해서라도 먹을 수 있어서 다행이긴 한데요. 요즘에는 오줌도 간혹 흘리고 다니는 데다, 똥도 엉뚱한 데다 싸놓고 그런다니까요. 아마 치매기가 있는가 봐요."

"뭐? 치매? 하하하…."

"웃을 일이 아니에요. 그래서 개도 늙으면, 팔아버리거나 누구한테 주어버리거나 하거든요. 그래서 우리나라에 유기견이 그렇게 많다잖아요?*"

---

* 이때로부터 20여 년의 세월이 흐른 2017년, 전국에 걸쳐 애견 치과가 많이 생겼음.

* 유기동물(遺棄動物): 주인의 실수, 혹은 의도적인 목적으로 버려진 반려동물. 주로 주인의 죽음, 혹은 동물들이 너무 커지거나 질병에 걸린 경우 발생한다. 2008년 세계 금융 위기 당시에는 주인의 재정적 문제로 버려지거나 방치되기도 하였다. 떠돌이 개에 비하여 떠돌이 고양이의 수가 월등히 많다고 알려져 있다. 우리나라의 경우 1991년 처음 동물보호법이 제정되었으나, 대부분 선언적인 내용에 그친 경우가 많았다. 2008년 1월 27일부터 개정된 동물보호법이 시행되고 있다. 새로운 법은 동물소유자의 사육·관리 의무를 강화하고 동물 학대 등 위법 행위

"참, 인간들 하곤. 지질이 좋아서 키울 때는 언제고, 늙고 병들었다고 내다버려? 달면 삼키고 쓰면 내뱉는 족속들하고 똑같구만."

"모두들 자기 좋을 대로 살아가니까요. 그리고 딸콩이 정도 나이가 되면, 누가 사 가지도 않아요. 또 팔아보아야 천덕꾸러기 신세가 될 텐데, 어떻게든 우리가 임종 때까지는 봐주어야지요."

"개도 늙으니까 이렇게 환영을 못 받거늘, 하물며 사람이야."

"사람의 경우, 더 성가시지요."

"당신… 말이 좀 이상한데? 우리 부모님이 늙으시면, 성가시단 뜻이야?"

"아이구, 그런 쪽은 또 머리가 비상해요. 누가 그렇대요? …솔직히 불편한 건 사실이잖아요. 자식이

시 처벌규정 또한 대폭 강화함으로써 비로소 법 제정의 취지를 살릴 수 있게 되었다. 동물을 유기한 자에게는 동물보호법 제7조에 의하여, 100만 원 이하의 과태료가 부과된다. 그럼에도 불구하고, 매년 20만 마리 이상(2016년 기준)의 유기견이 발생하고 있으며, 그 통계는 전국에 분포된 유기동물 보호센터마다 다를 수 있다.

라 어쩔 수 없이 받아들여야 해서 그런 거지."

"솔직해서 좋긴 하네. 지금은 부모님 말을 하고 있지만, 우리도 곧 늙어. 그러니까 아들 듣는 데서 그런 식으로 말하지 마."

인호의 간절한 부탁이 아니더라도, 애초부터 딸 콩이를 다른 데로 보낼 생각은 없었다. 그러나 이빨이 없어 제대로 먹질 못하는 까닭에 비쩍비쩍 몸이 말라가는 데다 수희의 직장생활마저 시작되면서 녀석에 대한 수발은 점점 어려워졌다. 제때에 변을 치워주거나 목욕을 시켜주지 못하다보니 모양새도 지저분해지는 데다 냄새가 집안 전체를 진동시키고도 남았다. 더욱이 계절은 여름으로 접어들고 있었으니.

"그렇다고 이 한 녀석 때문에 파출부를 둘 수도 없고, 일일이 방아를 찧어 먹일 수도 없는 노릇이고…."

작은 절구통을 준비하긴 했었다. 하지만 딱딱한 사료를 집어넣어 빻기 시작하면 바닥이 쿵쿵 울려 아래층에 소음 피해를 줄 수 있는 데다, 사료가 밖으로 튀어나가는 통에 마음이 성가셨다. 금방 어깨가 아파오기도 하여, 이번에는 끓는 물에 딱딱한 사료를 불려 죽을 만들어보았다. 하지만 사료 특유의 비릿한 냄새도 역겹거니와 그 작업도 하루 이틀이지, 식구들 밥 챙겨먹기도 바쁜 통에 거기에 매달리고 있을 수만도 없는 노릇이 아닌가 말이다.

"이런 말은 하지 않으려 했는데, 안락사를 시켜야 할 것 같아요."

"안락사? 그게 뭔데? 뭐, 편하게 죽음을 맞이하게 한다는 거?"

"할 수 없잖아요? 주사 한 방이면 편안하게 보내줄 수 있다는데, 현재 딸콩이에게는 그 방법이 최선인 거 같아요. 우리도 고생, 지도 고생일 바에야 단돈 3만원에 서로가 편해질 수 있다는데 그렇게 해야지요."

"하긴. 영원히 함께 살 수 없는 바에야…."

그러나 인호는 펄쩍 뛰었다.

"그런 법이 어딨어요? 만약 그랬다간 나, 아빠 엄마랑 말 안 해요."

완강한 태도의 녀석을 바라보며, 둘은 깍지를 보낼 때처럼 묘안을 생각해냈다. 그것은 인호가 학교에 간 틈을 십분 활용하자는 것.

딸콩이를 안고 오치동의 동물병원으로 향했다.

"잘 부탁드립니다."

"예. 염려 마십시오."

아! 도대체 뭘 부탁하고, 뭘 염려하지 말라는 건지. 부모를 산속 깊숙한 곳에 모시고 가 버리고 왔다는 고려장*, 하필 그 생각이 날 건 또 뭐람. 따지고 보면 서로 좋자고 하는 일인데, 이상하게 양심이 아파왔다. 독한 마음으로 돌아서 나오는데, 자꾸 뒤

---

* 고려장(高麗葬): 늙고 쇠약한 부모를 산에다 버렸다고 하는 장례 풍습으로 일부 설화에서 전해지지만, 역사적 사실은 아니다. 오늘날에는 늙고 쇠약한 부모를 낯선 곳에 유기하는 행위를 지칭하는 용어로 쓰이기도 한다. 전체적인 이야기가 인도의 〈잡보장경(雜寶藏經)〉에 나오는 기로국(棄老國) 설화와 매우 비슷하여, 일부 학자는 '기로(棄老)'가 '고려' 내지는 '고구려'로 이름이 바뀐 것으로 보기도 한다.

가 돌아봐졌다.

"아이고, 잊어버리고 가시란게라우. 저희가 고통 없이 처리해 드리께라우."

상민의 등을 떠밀며, 수의사는 환한 웃음을 지어 보였다.

'그런데 저 인간은 왜 저리 웃고 있노? 저 사람의 정체는 과연 무엇인가? 사형수의 목을 조이게 하는 집행관인가, 칼춤을 추며 죄인의 목을 치는 망나니인가?'

웃음 속에 감추어진 음흉한 살의(殺意)에 치가 떨렸다. 잡동사니를 쓰레기통에 쳐 넣듯, 아마 그는 딸콩이를 그렇게 폐기처분할 것이다. 아무런 찔림이나 울림도 없이.

'그보다 내 돈을 쥐어주며 사형집행을 부탁하는 나는⋯ 또 어떤 인간이고? 이 세상에 피어난 한 송이 꽃이, 이 우주와도 바꿀 수 없는 고귀한 생명체 하나가 그와 나의 공모(共謀)에 의해 꺾어진다는 사실 앞에서, 이렇게 태연해도 될까? 이렇게 편히 숨

을 쉬어도 된단 말인가?'

물론 오랫동안 가슴을 짓눌렀던 숙제가 해결된
듯, 후련한 생각이 들기도 했다. 그러나 하루도 넘
기지 못하고 사단은 벌어지고 말았다. 학교에서 돌
아온 인호 녀석이 딸콩이부터 찾았던 것.

"어디 갔어요? 설마… 안락사 시킨 건 아니지
요?"

"……."

"안 돼요! 아빠 엄마는 그렇게 인정이 없으세요?
어떻게 그럴 수 있어요? 내가 그렇게 부탁을 했는
데… 세상에!"

녀석의 눈에는 어느새 닭똥 같은 눈물이 흘러내
렸다.

"흑흑…. 너무해요. 제가 외로울 때, 우리 딸콩이
가 옆에 있어서 얼마나 좋았는데요? 아빠 엄마 집
에 없을 때, 저하고 딸콩이가 장난치면서 얼마나 재
미있게 놀았는데요? 근데 이제 와서 죽인다고요?"

"딸콩이가 힘들어 하니까, 그렇지."

"안 된다니까요! 아빠 엄마는 인정사정도 없는 분이어요. 어떻게 그렇게 잔인할 수가 있으세요? 나, 오늘부터 밥 안 먹어요. 학교도 안 갈 거여요!"

예상을 뛰어넘는 완강한 저항 앞에 황망히 서 있다가, 깨달아진 것이 있었다.

'맞아. 녀석은 지금 단순히 딸콩이만을 놓고 통을 파는 것이 아니다. 다섯 살 때까지 함께 놀며 함께 웃고 함께 울던, 과자봉지와 아이스크림을 놓고 서로 다투기도 했던 제 누나, 그래서 더욱 보고 싶은 세 살 위의 제 누나를 그리워하고 있다. 그 아름다운 추억에 배가 고프고, 목이 말라 있는 것이다!'

이튿날, 동물병원을 다시 찾았다. 딸콩이를 찾으러, 애달프고도 아름다운 아들의 추억을 찾아서. 다행스럽게 녀석은 아직 '생존'해 있었다. 녀석은 상민을 보자마자, 팔짝팔짝 뛰며 어쩔 줄 몰라 했다. 계면쩍어 하는 상민에게 수의사는 어제와는 조금 다른, 기묘한 미소를 지어보였다.

"아니여라우. 갠찮해라우. 계중에 그런 분들도 많

이 계시지라우. 귀찮해서 맽기고 가셨다가도 다시 오는 분들이 더러 있지라우. 그런디 아따, 저 딸콩이가 밸 것입디다 이."

"왜요?"

"저쪽 개는 밥도 잘 먹고 잘 노는 디, 딸콩이는 암 것도 안 먹고 카마이 엎져서 문 쪽만 보고 있드란 게라우. 그래서 너 알아서 해라 허고 놔 두었데이, 어저께 밤내 저 바닥의 신문지들만 다 뜯어 논 것 조까 보씨요."

"아, 우리 딸콩이는 이빨이 없어요. 그래서…."

"다 알지라우. 그래서 죽도 만들어 주어 봤단 게라우. 그래도 안 먹드란 게라우. 신문지는 앞발로 다 긁어 버리고. 그러데이 사장님이 들어오신 게, 저로코 환장을 안 허요. 나는 본래 성격이 그러든지 무슨 병을 앓고 있는 갑이다 했데이, 그것이 아니었구만이라우. 나 동물병원 맻 년 해봤어도, 저런 놈은 또 첨이네요 이."

소름이 돋는 듯, 그는 진저리를 쳤다.

'그래요. 아마 그랬을 겁니다. 우리 딸콩이 같은 일편단심은 이 세상에 없을 겁니다. 그리고… 우리 가족처럼 전심전력으로 사랑한 경우도 흔치 않을 테고요. 미안하다. 딸콩아. 정말 내가 잘못했다. 인간세상보다 더한 너의 사랑을 배반하려 들다니…'

엘리베이터에서부터 서둘기 시작하더니, 집안에 들여놓자 녀석은 한동안 제자리를 빙빙 돌며 정신을 차리지 못했다. 나이가 들어, 치매기 때문에 잊어버렸던 젊은 날의 특기가 발동한 것이다.

"아이구, 이 녀석이 험난한 사선(死線)을 넘나들더니, 회춘(回春)을 했구만. 회춘을 했어."

"아이고, 우리 딸콩이. 고생했구나. …동물병원에서 뭐라 해요? 돈은 돌려받았어요?"

"돌려받긴. 미안해서 그냥 왔어."

학교에서 돌아온 인호는 반색을 했다. 딸콩이를 껴안은 채, 제 방에 들어가 나올 줄을 몰랐다.

"제가요, 딸콩이를 위해 날마다라도 방아를 찧을게요."

"그럴래? 알아서 해라마는, 너도 고 3이지 않나?"

"그건 염려마시라니까요."

하지만 세상 일이 어디 마음먹은 대로 된다던가? 작심삼일.

"아이구, 녀석. 새벽같이 학교 가고, 밤 12시가 다 되어 돌아오는 주제에."

"하루 이틀도 아니고, 매일 매끼니 먹이를 어떻게 챙겨주겠어요? 어떻게 다른 방법을 찾아봐야지요."

그로부터 며칠이 지난 때.

"어제 동물병원에서 전화가 왔었는데요. 할머니 한 분이 혼자 사시기가 적적하시다고, 애완견이 있으면 잘 키워보겠다고 했대요. 그러면서 딸콩이를 보내주시면, 그리 보내주겠노라고. 할머니에게는 소일거리 생겨서 좋고, 딸콩이도 여기보다 더 호강할 수 있어서 좋고요. 사료도 방아만 찧어주면, 사실 별 탈이 없거든요."

"하기야 할머니에게는 운동도 될 것이고. 근데 인호는?"

"자기도 늦게 들어오는 데다 딸콩이도 고생한다 싶어 그러는지, 어젯밤 대충 말을 했는데 별 말을 않더라고요."

"그러면 보내도록 해. 어차피 헤어져야 할 운명이라면, 살아서 보내는 게 그래도 낫지. 나도 인희가 죽었을 때처럼, 그런 꼴 당하기 싫고."

"그러니까요. 세상에, 천년만년 같이 살면 얼마나 좋겠냐마는. 딸콩아! 우리 천국에서 다시 만나기로 하자. 응?"

재회의 기쁨도 잠시. 결국 딸콩이는 다시 동물병원으로 보내졌고, 이름 모를 할머니에게 잘 전달되었다는 소식을 들었다. 하지만 그 후의 생사 여부는 알지 못하는 형편.

"우리 딸콩이, 지금도 살아있을까?"

"당신도. 세월이 얼마나 흘렀는데, 그런 말을 해요? 하지만 그렇게 믿어야지요. 천국에 갔어도 살아있는 거나 마찬가지이고, 지금 우리 마음속에는 분명 살아 있잖아요?"

허씨 할머니

《1》

5월의 햇살이 잦아드는 황혼 무렵, 산 쪽에서 불어오는 신록 내음은 백일박이 어린아이의 살 냄새만큼이나 상큼했다. 못자리 물을 잡아 놓은 저수지둑 아래의 논배미에서는 개구리 울음소리가 들려오고, 어느새 두둥실 떠오른 달은 시리도록 하이얀

빛을 수면 위로 쏟아 내고 있었다.

새로이 단장된 용전 저수지 위 반듯한 포장도로를 지나 왼쪽으로 동네 쪽 고샅을 구불구불 지날 무렵, 핸들을 잡은 준호의 눈앞에 앙증맞게 생긴 집 한 채가 나타났다. 대문이나 담도 없이 방 하나에 달랑 부엌 하나가 달려있는, 그야말로 장난감 같은 집이었다. 시내와 가까운 곳에 이런 곳이 있었다니, 믿어지지 않았다. 손바닥만 한 텃밭에는 온갖 채소들이 빼곡히 들어차 있었는데, 이파리 하나하나에 주인의 정성이 배어있는 듯 했다. 한길과 마당 사이를 가름하는 경계표시라고는 겨우 무릎 절반만큼만 올라오는 돌담과 국화들뿐. 돌담이 끝나는 지점에서 허리가 구부정한 할머니 한 분이 텃밭의 물길을 터주려는 듯, 열심히 호미를 놀리고 있었다.

"할머니. 이 집에 사세요?"

"야, 근디…요?"

"아니요. 그냥요."

길손의 무안함을 달래 주기라도 하려는 듯, 그녀

는 무미건조하게 내뱉었다.

"벌써 한… 30년 되얐는 갑이요."

"그래요? 오래 되셨네요. 할머니 성함은 어떻게
되세요?"

"허그나 말그나…."

"…예?"

"아이, 허(許)가란 말이요. 허가. 히히히…."

뚱딴지같은 '유머'에 쓴웃음이 나왔다. 집과 무척
이나 잘 어울리는 허씨 할머니는 처음 만난 행인에
게 자신이 걸어온 삶의 역정(歷程)을 스스럼없이 털
어놓았다. 마치 남의 이야기하듯. 일제 말기, 처녀
공출을 피하기 위해 번갯불에 콩 튀어 먹듯이 시집
을 갔고, 인공(6.25) 때, 그 '등신' 같은 남편을 잃고
말았단다. 여기저기 떠돌아다니다가 임(任)씨 성을
가진 남정네와 살을 섞어 살아왔는데, '박복한 년이
라서 그런지', 그마저 일찍 세상을 뜨고 말았다.

그리고 그 밑에서 나온 자식들이 줄줄이 셋이나
있건만, 남의 식구(며느리) 눈치 보기 싫어서 혼자

살고 있단다. 시(市)에서 나오는 보조금이 끊길까 봐, 제 속으로 난 아들도 호적에 올리지 못한 그녀는 그 덕에 매달 쌀 닷 되와 보리 한 되를 배급받고 있다며 행복한 미소를 지어보였다.

"시상도 팬해라우. 식량이나 연탄 떨어지면 적당히 알아서 채와주고 그런 게, 먹고 사는 디는 아무 지장이 읇지라우. 그래도 친정 동상네나 아들집이라도 갈라면, 차비라도 벌어야 헐 거 아니여? 그런게 날마닥 벤또 싸갖고 가서 설라므네, 하로 종일 밭을 매제 어찌간디?"

"아침부터요?"

"일곱 시부텅 저녁 여섯시까진 디, 일당은 포도시 1만 7천 원이여. 징허제라우 이?"

"겨우 그것 받으시려고, 하루 종일 일을 하세요?"

"그래서 요로코 해가 져서사 내 밭도 메고 그러지라우. 그래도 1년에 한 번, 1만원씩 조합에 내는 집세에 비허먼, 허벌나게 큰 돈이지라우."

"조합이요?"

"이 집이 농협 앞으로 되야 있그든."

"아. 그래요?"

집세가 1년에 1만원? 현재 준호가 살고 있는 아파트는 벌써 여러 군데서 설정이 들어와 있는 만큼, 머지않아 비워주어야 할 터. 노파의 처지를 부러워하는 심사가 스스로 미워, 건너편의 패밀리 랜드를 가리키며 호기로운 음성을 뱉어보았다.

"요 앞에 유원지가 들어서서 좋지요? 울긋불긋 색깔도 좋고요."

"좋기는 뭇이 좋아? 그 통에 우리 까스통만 도독 맞었넌디…."

"까스…통이요?"

"아이. 까스통 몰라? 작년에 노래자랑인가 뭇인가 허는 날 저녁에 우리 집 앞에 포장마찬가 무인가 허는 것들이 쭈욱 서 있었는 갑이. 근디 잠자고 난게 줄을 싹뚝 짤라 갖고는, 통째로 갖고 가 버렸단게. 시상에, 그지 똥구먹에서 콩노물을 빼먹제, 이 집구석을 보고 돌라고 싶었으께라우? 내가 한 달간을 징징 울고 댕겼단 게. 오직했으면 내가 그랬소. 느그 어메나 삶아 먹으라고….”

“하하하… 할머니도. 그래서 다시 사셨어요?”

“돈이나 있간디? 그냥 연탄 땠제에. 벌써 1년 되았는 갑이이….”

“그런 놈들은 잡아다가 요절을 내야 하는데. 그렇지요?”

“어쩔 것이요? 내 속으로 난 자식도 내 맘대로 못허는 디….”

실컷 당하고도 한마디 넋두리 속에 원망을 실어 보내는 그녀는 이미 삶의 달인(達人)이 되어 있었다.

“그래도 댁 앞으로 이렇게 포장도로가 났으니, 얼마나 좋으세요?”

“좋기는. 하나도 존 것 읎어. 그 통에 배추도 못 부쳐 먹는단 게. 그 자리에 보리를 숭거도 솔차이 먹었그등.”

대답 대신 준호는 길가에 세워 놓은 자신의 소나타 승용차로 눈길을 보냈다. 비록 고물이지만, 이

할머니의 눈에는 얼마나 화려해 보일까?

"그래도 건강하시니, 얼마나 좋으세요?"

"내 나이가 일흔다섯인 디, 인자 살면 을마나 살 겄소? 여그는 참 좋소 이. 살다가 살기 싫으면 요 앞에 물에 빠져죽기도 좋고, 저 뒷산에 올라가 목매 달아 죽기도 좋고. 시상도 팬허단 게. 히히히…."

"무슨 말씀을요. 오래오래 사셔야지요."

"허기사, 몸이 건강해야 허기는 허겄습디다. 요새 는 다리 뼈따구가 어찌나 애리든지, 밭을 못 매겄단 게 걍. 그래도 맹절에는 상을 두 간디 채래 놓는 디, 물 구신 보고 나 잡어가지 마라고 한 상 채래 놓고, 산 구신 보고 나 잡어가지 마라고 한 상 채래 놓고. 그러고 나면, 보리 한 됫박이 금새 들어가 버려."

송씨 생각이 났다. 늘 다리가 쑤신다고 하지만, 그 흔한 한약 한 채 해드리지 못했던 내 어머니. 교 회 좀 나가시라고 조르면서도, 성경 한 권 사드리지 못한 내 어머니.

'아! 어쩌면 이 땅의 어머니들은 이리도 가난할

까? 물질도, 마음도….'

허씨 할머니와의 만남은 우연한 산책길에서 오랜만에 받아 본, 잔잔한 감동이었다.

'시간, 공간을 초월해 사는 것 같은 모습. 동일한 시대에 같은 땅 위에서, 똑같은 하늘을 머리에 이고 살아가는 사람들끼리도 이리도 다르거늘, 누군가를 이해한다는 것이 얼마나 가당치 않은 일인가? 피해를 당한 사람들에게 나를 이해해달라는 말이 얼마나 가소로운가?'

《2》

초등학교 동창생이 '단돈' 2백만 원을 갚지 않아, 보증인인 자신에게 독촉전화가 왔을 때, 준호는 길길이 뛰었었다. 물론 자신의 보증인들에게 피해가 몰려가기 전이었지만.

'하물며 그 열 배, 스무 배의 돈을 물린 사람들, 그 심정이 오죽할까? 그럼에도 나는 그들을 도리어 원망했다. 조금 더 참아주지 못했다고 서운해 했었다. 적반하장도 유분수지. 아, 이 세상에는 나의 잣대로 잴 수 없는, 또 재어서도 안 될 사람들이 너무 많은데, 이렇듯 가난하고 소외된 이웃들이 많은데, 어찌하여 나 자신에게만 집중해 온 것일까? 왜 내 입장만 생각했을까? 허씨 할머니, 허름한 오두막집에서 빈 마음으로 살아갈 뿐, 그 누구도 탓하지 않는다. 잘못 타고난 시대도 원망하지 않고, 남편을 빼앗아간 운명도 불평하지 않는다. 자식들로부터 호강을 받지 않아도, 나라에서 주는 보조금이 적어도, 심지어 도둑을 맞아도 그저 그러려니 한다. 도리어 유머와 해학으로 스스로의 고통을 해체한다. 해 뜨면서부터 해 질 때까지 하루 1만 7천원의 일당을 받으며 감사해 하고, 거창한 꿈이나 위대한 비전이 없어도 주어진 하루하루에 고마워한다. 구차한 삶에 아등바등하지 않고 물에 쓸려가듯, 구름에 떠가듯 그렇게 유유자적하며 살아간다. 가무잡잡한 피부에 움푹 파인 주름살, 굵은 손마디의 저 인생이

나보다 못한 게 무언가? 나의 생명보다 더 가볍다고 말할 수 있는가?'

동네 사람들로부터 기대를 한 몸에 받고 자란 준호였다. 얼마 전까지만 해도 모두가 부러워하는 위치에 있었다. 일류대학을 졸업하고 굴지의 대기업에 들어갔으며, 동료들보다 승진도 빨랐다. 과장을 거쳐 부장까지 승승장구했다. 제법 돈도 모았다. 살만해졌을 때, 또 한 번의 수직상승을 꿈꾸며 주식에 투자했다. 처음에는 아주 적은 액수를 넣었다. 수입이 많진 않았으되 그런대로 쏠쏠했다. 배짱이 커지면서 점점 투자액을 늘려갔다. 퇴직금을 중간정산받아 투자했고, 마침내 아파트를 처분하여 전세로돌린 다음 그 잉여자금까지 몽땅 집어넣었다. 그리고 하루아침에 빈손이 되었다. 나름대로 열심히 살아온 인생이 억울하여, 자신을 믿어준 고향과 부모형제들 앞에 서기가 부끄러워 자살을 꿈꾸었다. 하지만 그 일 역시 쉽지 않았다.

'저 환경 속에서 하루하루 최선을 다해 살아가는

그녀에게 난 어떤 존재인가? 김준호, 너는 무엇 때문에 괴로워하고, 무엇 때문에 낙담하느냐? 직장에서 마주치는 따가운 시선일랑 무시하자. 봉급 절반이 떼어나간다 해도 그게 뭐 별 거냐? 나머지 절반 갖고 살아가면 될 것을. 아파트 전세금 빼간 인간들도 용서하자. 어디 작은 셋방이라도 찾아보면 될 터이니. 친구들이나 친척들의 조롱에 대해서도, 귀를 틀어막자. 어차피 시간과 함께 지나갈 것들인데…'

며칠 후, 진희는 기어이 달걀 꾸러미를 사 들고 따라 나섰다. 그러나 집은 텅 비어 있었다. 방문에 달아 놓은 자물통을 가리키며,

"호호호… 뭐 가져갈 것이 있다고 그랬을까요? 꼭 액세서리 같아요."

"당신 어렸을 때, 빠끔살이 하던 생각 안 나?"

"지금 막 그 생각 하던 참이어요. 어머, 예쁘기도 해라."

아내는 꽃밭을 둘러보며 탄성을 질렀다. 작은 울

타리 안에는 채소뿐만 아니라, 봉숭아와 맨드라미, 채송화 등이 서로를 시샘하듯 만발해 있었다. 초등학교 4학년인가 5학년인가 그 무렵, 가장 살기 좋은 세상, 천국은 어떤 모습일까 상상해 봤었다. 그때 두 장면이 떠올랐다. 온 땅에 하얀 눈이 덮여 있고, 언덕 위 이태리식 목조 가옥 거실에서는 난롯불이 타오르고 있다. 난로 주변의 흔들의자에는 뜨개질하는 엄마와 신문 보는 아버지가 앉아 있고, 그림책을 보며 조잘대는 아이들이 바닥에 엎드려 있다. 또 다른 장면. 눈부신 햇빛이 쏟아지는 아침나절, 꽃밭에는 채송화, 나팔꽃, 맨드라미가 활짝 피어 있고, 한 아이가 화단 앞에 쭈그려 앉아 있다. 미래로의 아름다운 꿈만 간직한 채, 꽃을 내려다보고 있다.

"여보, 우리도 이런 집 한 채 있으면, 얼마나 좋을까요?"

"방이 하나밖에 없잖아?"

"그래도요, 이제 몇 년 후, 우리 세진이 커서 대학에 가버리면, 당신하고 나하고 둘만 있어도 되잖아요?"

천생연분이요 부창부수라 했던가? 생각까지 똑같으니. 막 일어서려는데 할머니가 나타났다. 오늘따라 일이 늦게 끝났다는 것. 돌아오는 길. 불현듯 송씨의 말이 생각났다.

"도시에 땅 한 평이라도 있으면, 을마나 조끄나? 노는 삭신 놀래 갖고 채전이라도 부쳐 먹음시로, 느그덜도 나와 주고. 늙어도 땀 흘리고 일을 해야 오래 산다고 안 허디야? 나사 오래 살아서 뭇 허겄냐마는, 혹시나 사는 동안에 몸이 아퍼 갖고 새끼덜 고상시키까 봐서 그런다."

고흥군 포두면에서 둘째가라면 서러워할 저택, 동네 한복판에 사랑채가 곁들인 5칸 접집의 고래등 같은 기와집을 지은 후에도 송씨는 한시를 쉬지 않았다. 텃밭을 가꾸고 잡초를 뽑아내느라 여념이 없었다. 그때는 그것이 힘든 노동인 줄만 알았다. 그런데 이제 와 생각해 보니, 그것은 노동이 아니었다. 쉼이고, 안식이고, 축제였다!

'그래. 그렇게만 되면 얼마나 좋을까? 길두리 안

동마을에서 떵떵거리며 농사를 짓던 분, 머슴 셋씩 거느리며 200두락이 넘는 논농사를 진두지휘하던 안방마님이 답답한 아파트에 갇혀 사는 꼴이 되었으니.'

"어떻든 부모님 원망하지 말게요. 아버님이 당신 자랑, 많이 하시는 줄 알지요?"

"……."

준호가 아버지 김씨에 대해 잠시나마 서운한 감정을 가졌던 것은 그가 정치와 사업에 실패했다는 이유 때문만은 아니었다. 아내인 송씨를 비롯한 가족들 앞에서 폭군처럼 굴었던 일, 가족의 말은 절대로 듣지 않고 자기 고집만 피운 사실 등이 겹쳐 있었다. 군수 선거에 나가 석패한 일은 그렇다 치고, 난데없이 어선을 구입하여 고기잡이에 나선 일은 또 뭐란 말인가? 농사에 더 이상 비전이 없다며 육십 평생 지어 오던 전답을 처분하고 새롭게 시작한 일이 정녕 성공하리라 믿겨졌단 말인가? 감언이설을 해댄 주변 사람들, 건강, 재산 모두 떠나보낸 채,

코딱지만 한 아파트에 전세 살고 있는 형편이라니. 장남으로서 복통 터질 일이 아닌가 말이다.

"앞에서는 펄펄하게 대하셔도, 세상 부모 마음이 똑같아요."

"나 같은 불효자에게 자랑할 게 뭐 있다고. 혹시 우리에게 돈이 생기면, 가까운 곳에 새 집 지어드리고, 텃밭도 가꾸게 하시고…."

"언젠가 그렇게 되겠지요."

"혹시 우리 어머니도 나이 더 드셨을 때, 허씨 할머니처럼 살아갈 수 있을까?"

"지금도 마음은 그 분 못지않아요."

아! 이 땅의 어머니들은 왜 이리 한결같이 마음이 가난한 걸까? 하늘을 향해 두 팔 벌리고 누워 있는 땅처럼, 왜 그렇게 자신의 것을 주장하지 못하는 걸까? 아픔의 시대도, 철없는 남편도, 불효하는 자식도, 배신하는 세상도 왜 모두 가슴에 품으려고만 하는 걸까? 자신의 몸속에 들어온 모든 것들을 잉태했다가 감싸고 보듬고 치유하여 새 생명을 토해내

는 그 끈질긴 복원력, 과연 그것은 어디로부터 유래
하는가?

이화영아원

《1》

    중고등부 부장집사로서 학생들과 함께 나주 이
화영아원에 들른 적이 있었다. "백 마디 말보다 교
육적 효과가 훨씬 더 크고, 학생들 봉사점수도 따주
자"는 부감집사의 건의에 따랐던 것. 물론 고등학생
인 아들에게 사회를 알 수 있는 좋은 기회가 되리라

는 기대감도 있었다. 나주시에서 목포로 향한 국도 오른편 언덕배기에 영아원은 자리하고 있었다.

"미혼모가 두고 간 아이도 있고요, IMF를 맞아 힘들어진 부부가 맡기고 간 아이도 있습니다. 대개 2~3년 후에 오겠다고 하지만, 약속을 지키는 경우는 거의 없지요. 한마디로, 버려진 아이들이라고 봐야지요. 가장 어린 아이로는 태어난 지 이틀짜리도 있습니다. 하루는 애기 울음소리가 들려 나가보았더니, 정문에 강보로 싸인 핏덩이가 있더라고요. 어쩔 것이어요? 부모가 누군지, 성이 무엇인지 아무것도 모르지요. 그렇게 자란 아이들은 자신의 정체성을 찾기가 쉽지 않아 또 고생을 하고요."

"......."

자신을 원장이라 소개한 여자는 40대 중반쯤 보이는, 다소 앳된 얼굴이었다.

"사실 저희 아이들은 물질적인 것보다는, 사랑에 목말라 있다고 봐야지요. 공무원 자격으로 교사들이 몇 명 와 있습니다만, 일손이 딸리니까 아이들을 못 돌아보거든요. 항상 대화가 부족하고 따뜻한 눈길, 손길이 부족한 실정이지요. 사랑에 굶주려 있다고나 할까요? 그러고 보면, 여기 있는 학생들은 얼마나 행복한지 몰라요. 아무리 가난할지언정, 부모님이 옆에 계시는 것만으로도 감사해야 해요. 애정결핍증이 얼마나 무서운지 몰라요. 한 아이가 일곱 살이 되도록, 말을 못하더라고요. 그래서 나주에 있는 모 기관장님 댁에 보냈는데, 딱 1주일 만에 말문이 트이는 거 있지요?"

"……?"

"당연히 받아야 할 관심과 사랑이 없다 보니 제때에 성숙하지를 못하다가, 그 부족한 부분이 채워지니까 언제 그랬느냐는 듯 정상으로 돌아온 거지요. 어떤 아이는 여섯 살이 되도록 못 걷는 거여요. 그래서 광주에 사는 어떤 부부가 데려가 2주일인가 정성껏 보살폈는데, 딱 서서 걷는 거여요. 놀랍지 않으세요?"

"정말… 신기하네요."

"성경에도 '사람이 떡으로만 살 것이 아니라'는 말씀이 있지만요. 진짜 여기 아이들을 보면, 사랑이 얼마나 중요한지 알 수 있어요. 오시는 분들이 대개 경제적으로만 도움을 주려고 하는데, 사실 여기도 물질적으로는 부족함이 별로 없거든요. 웬만한 것들은 나라에서 다 지급이 되고요, 저희들도 월급을 받아요."

"아, 그래요? 그럼 모두 공무원들이신가요?"

"잘 모르시니까, 제가 여기 차트를 보면서 잠깐 설명을 드려야겠네요. 본래 영아원(嬰兒院)이란 보호자가 없거나 특수한 사정으로 가정에서 양육될 수 없는 3세 미만의 젖먹이 아이를 보호, 양육하는 사회복지시설을 가리킵니다. 영아원의 전 단계인 보육원은 서양의 그리스·로마 시대부터 있었고요. 중세에는 교회·사원·길드(중세 유럽의 동업자조합)·자선단체 등에서 설치하여 운영하였다고 합니다. 현대적 의미의 고아 수용시설은 1698년 프랑케가 할레에 설립하였는데요. 독일 각지의 고아원 개설을 촉진시켰다고 합니다. 여러분이 잘 아시는 페스탈로치*는 교육가로 유명하지만, 또 '고아의 아버지'로도 알려져 있지 않습니까? 그가 실시한 고아교육 사업은 전체 유럽의 주목을 끌었고요."

사무실 한쪽 벽에는 유럽의 보육시설과 함께 환하게 웃고 있는 페스탈로치 사진이 붙어 있었다.

"그럼 우리나라에는 언제부터 있었나요?"

"한국의 경우, 이미 고려시대에 고아를 사원(寺院)에서 보호했다는 기록이 있고요. 조선시대에는 수양제도(收養制度, 다른 사람의 자식을 맡아 제 자식처럼 기름)를 통해 고아를 보호한 기록이 있습니다. 현대적 의미의 고아시설은 1888년 지금의 명동성당에 설치하여 운영한 천주교 고아원이고요. 1950년 무렵까지는 영아들도 일반 무의탁 고아들과 함께

---

* 페스탈로치(1746~1827): 스위스의 교육자. 1798년 프랑스혁명의 여파가 스위스로 밀려왔을 때 슈탄스에 고아원을 설립, 전쟁고아를 돌보았다. "모든 것이 남을 위해서였으며, 스스로를 위해서는 아무것도 하지 않았다."라고 새겨진 묘비명은 그의 생애를 단적으로 표현한 것이라 할 수 있다. 저서로는 〈은자의 황혼〉, 〈백조의 노래〉 등이 있다.

고아원에 혼합, 수용되었는데요. 1960년대부터는 영아의 특수 양육보호의 필요성에 따라 영아원에 나누어 수용하는 독립시설로 발전되었습니다. 나이도 초기에는 6세 미만, 다음에는 5세 미만, 현재는 3세 미만으로 정해져 있고요. 영아는 항상 보호해야 할 대상으로, 일반시설보다 특별한 관심을 가지고 관리해야 합니다. 특히 영아시설에는 거실, 포복실(匍匐室, 유아들이 기어 다닐 수 있는 공간), 일광욕실, 화장실, 의료실 및 세탁실 등의 설비가 잘 갖추어져야 하고요. 영아들의 올바른 인격형성과 건전한 성장을 위해 보모나 의사, 간호사가 확보되어야 합니다. 현재 우리나라에서 영아원의 수는 점차 줄어드는 추세지만, 앞으로 미혼모나 이혼의 증가로 인하여 영아원 시설은 더욱 확충되어야 할 것 같아요. 사실 여기 아이들이 정작 필요로 하는 것은, 돈이 아니라 사랑이거든요. 집에까지 데려가 함께 생활하는 것은 힘들겠지만, 전화로라도 대화를 나누고 해주면, 아이들에게는 엄청 도움이 되는 거여요."

"전화로요?"

"하루에 1분도 좋고, 2분도 좋고 그렇게 해주면, 아이들은 '누군가가 자신에게 관심을 갖고 있는 사람이 있구나' 이렇게 느끼게 되고, 그래서 자신감을 가질 수 있다는 것이지요. 정서적으로도 안정이 되고요. 매일 혹은 매주 그런 사람이 있는 아이와 그렇지 않은 아이와는 하늘과 땅 차이가 납니다. 여러분들이 이곳 2층을 올라오실 때 계단을 밟고 오셨겠지만, 이 아이들에게 사물의 이름을 가르쳐 주는 데도 여간 힘든 것이 아닙니다. 가령 교사가 계단을 오르면서 '2층에 갔다 올게. 여기서 기다려' 이렇게 말하면, 그 다음부터 계단을 보고, '2층'이라고 불러요."

"……?"

"사물에 대한 개념이 없다 보니, 교사가 서 있는 계단을 '2층'으로 착각하는 거지요. 나들이할 때에도 굉장히 위험해요. 왜냐하면, '차가 지나갈 때, 손을 흔들라' 가르치면, 도로 한 중앙에 서서 손을 흔드는 거여요. 자동차가 가까이 와도 피할 줄을 몰라요. 위험하다는 사실조차 모르는 거지요. 사실 학교에서 책만 가지고 하는 것이 교육은 아니거든요. 아이들에게는 일상에서 놀고 장난치는 일, 친구들과 싸우고 다치고 하는 것들이 엄청나게 중요한 교육이라는 것이지요."

2층 사무실에서 복도를 따라 가다가 끄트머리 쪽에 방이 두어 개 있었다. 각 방의 침대 위에는 예닐곱 개의 바구니가 놓여 있었고, 그 안에는 각각 한 명의 영아가 누워있었다. 눈만 말똥말똥 뜨고 있는 아이들 보기가 민망하여 금방 고개를 돌리고 말았다.

"이 아이들은 태어난 지 1년이 채 안 되었는데요. 눈을 뜨기 시작하면서부터 부모 얼굴을 못 보았다고 해야지요."

"좀 큰 아이들은… 어디 있습니까?"

"아, 걔들은 저 아래쪽 건물에 따로 있어요."

《2》

일행은 원장의 뒤를 따라 새로 지어진 건물로 내려갔다. 입구에 들어서는 순간부터 보채는 소리, 싸우는 소리로 요란했다.

"자, 여러분. 손님들이 왔어요. 착하지. 모두들 조용히. 원장님 보세요."

그녀의 고함소리에 잠시 조용해졌다. 일행을 보고 방긋방긋 웃는 아이, 멀뚱히 쳐다보는 아이, 살포시 다가와 옷자락을 만지는 아이, 붕붕 자동차를 차지하기 위해 계속 싸우고 있는 아이들, 그도 저도 아니고 제 할 일에만 몰두하는 아이 등 반응도 각양각색이었다.

"여기 아이들은 다섯 살에서부터 일곱 살까진 데요. 한 방에서 10여 명씩 생활합니다. 또래다 보니, 걸핏하면 싸우고 그러지요."

"원장님과 선생님들이 고생 많이 하시네요."

"정부에서 지원을 한다 해도, 늘 인원이 부족하

고요. 저희들도 무료봉사는 아니지만, 자기희생이 많이 필요해요. 사실 봉급도 다른 기관에 비해 박한 편이고요."

"선진국일수록 이런 복지시설에 대한 투자가 많을 텐데 말이지요."

"우리나라 가정보다 미국으로 입양되어 가는 아이들 숫자가 훨씬 더 많다는 거 아십니까? 같은 민족보다 다른 민족에서 더 사랑을 실천한다는 사실이 아이러니지요. 우리는 정이 많은 민족이라 큰소리치지만, 자기 자식이 아닌 아이를 키우라 하면 벌벌 떨어요. 반면에 미국인들은 자기 자식이나 입양아나 별 차이가 없이 키운대요. 별 차이가 없는 것이 아니라, 아예 없다고 봐야지요."

"그게 아마 기독교적 박애의 정신 때문에 그럴 거여요."

"어쩔 때에는 그 사람들 행동이 이해가 가지 않을 때가 있어요. 우리 식으로 생각하면, 굳이 안 해도 되는데 사서 고생이라는 말씀이지요."

"바로 그것이 그리스도의 사랑 아니겠습니까?"

"그런 것 보면, 진짜 선진국 사람들이어요. 아무 욕심 없이 그냥 사랑을 실천하는 거여요. 그걸 어디서 알 수 있냐면요, 그 사람들은 절대 아이들을 고르지 않습니다."

"······?"

"우리나라 사람들은 입양아 하나 받으려면 요란하거든요. 생색낼 것 다 내고, 또 자기가 맘에 드는 아이를 직접 고르러 와요. 그래서 우선 예쁘고, 영리하고, 건강하고, 말 잘 듣는 아이를 골라 가지요. 그래서 쳐진 아이들 보면, 대개 못 생기고, 미련하고, 불구자들이고 그렇지요. 그건 어떻게 보면, 진정한 의미에서의 사랑이 아니지요. 마치 백화점에서 물건 사듯이 고르니까요. 대부분 여자아이들을 선호하고요."

"그건 또 왜요?"

"우선 말을 잘 듣고 순한 데다 나중에 뒤탈이 적다는 것이지요. 막상 말로, 키워서 시집 보내버리고 나면 뒤가 깨끗하잖아요? 유산 문제로 복잡할 일도 없고, 형제간에 다툼도 일어나지 않고요. 심하게 말하자면, 장난감 갖고 놀듯이 키우는 재미 다 보고 차버린다는 뜻 아니겠어요? 아, 죄송합니다. 말이 지나쳤다면 용서하시구요."

"아닙니다. 충분히 공감합니다."

"근데 미국 사람들은 안 그래요. 원장이나 교사들이 골라서 아무나 보내달라고 그러거든요. 그럴 때마다 얼마나 고맙고 감사한지 몰라요. 사실 저희들 입장에서는 건강하고, 예쁘고, 영리한 아이들보다는 몸이 안 좋고, 못 생기고, 미련한 아이들을 먼저 보내고 싶거든요. 저희들이 고생하기 싫어서가 아니라, 그 아이들 장래를 생각해서지요. 좋은 아이들은 누가 언제 데려가도 데려가거든요."

"말씀하신 내용을 세속적으로 해석하면, 장사하는 사람들이 좋지 않은 물건을 빨리 처분해버리고 싶어 하는 그런 마음 아닐까요?"

"물론 그렇게 물건 취급하는 것은 아니지만, 아

이들 입장을 생각하면 그렇다는 것이지요."

"제 자식을 낳아 기른 부모도 막상 결혼시킬 때가 되면, 못난 자식 먼저 보내고 싶은 마음이 들거든요."

"바로 그거지요. 선생님께서 그런 것까지 다 아시네요?"

"동생들이 많아 부모님께서 걱정하시는 모습을 많이 봤거든요. 아니, 그렇다고 제 동생들이 못났다는 건 아니고, 말이 그렇다는 거지요. 하하하…."

"저희들도 첨에는 그냥 직장이라 여겼는데, 아이들과 함께 생활하다보니 그게 아니더라고요. 꼭 부모 같은 마음이 들어요. 거짓말같이 들릴지 몰라도, 사실이거든요."

"원장님 말씀 이해합니다. 저도 전방에서 소대장 생활을 했는데요. 부하가 자식들하고 똑같더라고요. 지금도 직장인 고등학교에서 보는 아이들이나 교회에서 보는 아이들이나 다 내 아들 같고, 딸 같고 그래요. 아, 그리고 원장님, 조금 전 유럽에서 영아원 시설이 출발했다고 말씀하셨는데요. 미국은 언제부터 그런 사업에 눈을 떴나요?"

"아, 미국에서는요. 홀트 아동복지라고 있거든요. 들어보셨지요? 한국과 세계 여러 나라의 기관, 독지가(篤志家, 도탑고 친절한 마음의 소유자. 남을 위한 자선 사업이나 사회사업에 물심양면으로 참여하여 지원하는 사람) 및 양부모들의 후원을 받아 운영되는 사회복지법인인데요. 1955년 10월에 미국 사람 홀트 씨가 6·25전쟁으로 인한 혼혈 전쟁고아 8명을 입양하고, 다음해 한국으로 들어와 구세군(救世軍) 대한본영 내에 사무실을 열고 입양업무를 시작한 것이 첫 출발이었지요. 국내외 입양사업 외에 아동들을 상담하거나 미혼부모와 상담하고, 또 불행한 아이들이 생겨나지 않도록 예방 교육도 하고요. 그리고 위탁양육 보호사업도 함께 벌이고 있지요. 부속의원의 운영 및 장애 아동을 위한 특수교육기관인 홀트학교를 세워 특수교육도 실시하고 있고요. 현재 서울 본부와 11개 지방 아동상담소, 일산 복지타운,

전주 영아원, 대구와 부산의 종합사회 복지관, 마포 어린이집 등을 운영하고 있으며, 1982년부터 장학 사업도 실시하고 있습니다."

처음 교사발령을 받았을 때, 영민은 사명감에 불타 있었다. 다른 대부분의 임용자들처럼. 그러나 시간이 흐르면서 어느새 교편생활은 타성에 젖기 시작했다. 학생들을 '대상화'하면서 다스리고 통제해야 할 어떤 집단으로 간주하기 시작한 것이다. 연초가 되면 과연 어떤 학생들이 내 반에 배정될까에 촉각을 곤두세웠다. 판검사나 의사, 대학교수의 자녀가 걸리면 금상첨화이고, 전문직종자 자녀면 그런대로 괜찮고. 중소기업 사장이나 대기업 간부, 임원, 직원, 자영업자 중에서도 성공한 사람들, 어떤 방법으로든 부를 축적한 사람의 자녀들은 늘 관심의 대상이었다. 심지어 '사'자 돌림 직업을 가진 자녀들을 놓고 담임교사들끼리 '나누어 먹기'를 한 적도 있었다. 명분은 어느 한 반에 '물 좋은' 아이들이 쏠리지 않게 한다는 것이었다. 그것은 형평성과 공

정성에 위배된다며.

'아! 바로 그러한 행위가 입양아를 골라 가는 사람들과 한 치도 다르지 않구나. 나도, 우리 모두도 사람을 차별해 왔구나. 이 세상에는, 작은 것으로도 섬길 수 있는 곳이 얼마든지 있거늘, 왜 내가 진작 이런 곳을 알지 못했을까? 40년이 넘도록 살아오면서 복지시설 한 번 방문한 적이 없었을까?'

《3》

초등학생 때. 고아원*에 간 일이 있었다. 담양읍에서 추월산행 완행버스를 타고 20여 리를 달린 끝에 가막골 입구에서 내렸다. 고아원은 그곳에서 멀지 않았다. 시설은 우람하고 화려했으되 그곳의 주

---

* 고아원: 고아원, 보육원, 양육원은 모두 같은 곳으로서, 법적 명칭은 똑같이 아동양육 시설임. 다만 최근에 들어와 고아(부모가 없는 아이)의 비중보다는 다른 사유에 의해 연고자를 잃어버린 아동들이 많이 들어오고, 또한 고아원이라는 용어가 갖는 부정적 어감 때문에 보육원이라는 용어가 자주 사용된다.

인, 원장에 대한 평가는 좋지 않았다.

고아들에게 나누어 주어야 할 옷과 학용품, 식료품 값을 빼돌려 치부하기에 바빴다는 사람, 본인 생일잔치 때에는 상다리가 휘다 못해 부러지게까지 만들었다는 사람, 자가용 두 대를 굴리며 서울을 안방 드나들 듯 했다는 사람, 돈을 자루에 넣고 다니며 하룻밤 술값으로 수천만 원을 뿌렸다는 사람, 조강지처 버리고 명문대학 졸업한 인텔리 여성과 재혼했다가 엄청난 위자료만 물고 끝내 차였다는 사람, 네 여자에게서 열두 명의 아이를 낳았다는 사람, 얼굴에 개기름이 좔좔 흐르던 배불뚝이, 그가 나의 오촌 당숙이라니.

'그럼에도 난 항상 가진 자 쪽에 서 왔다. 성공하고 부유하고 유명하고 힘 센 자들을 부러워하며, 그들을 닮으려 발버둥 쳐왔다. 육촌 누나가 부도덕한 당숙의 딸이라는 사실이 기이하게 느껴졌음에도, 속으로는 그녀를 부러워했었다. 모자람이 없는 그녀의 처지를 선망했었다. 그리고 그 당숙으로부터

선물로 받은 연필과 크레용을 쓰레기통에 쳐 넣지
못했다. 아니, 친구들 앞에서 침을 튀기며 자랑까지
했었다. 우리 당숙이 이렇게 큰 부자라며. 학생들
앞에서는 진리를 따르라, 정의의 편에 서라, 약한
자들을 괄시하지 말라 가르치면서도, 정작 스스로
는 반대로 행동해 왔다. 더욱이 난 나 자신을 위해
서만 살아왔다. 나와 내 가족, 내 친척, 내 친구
…….'

돌아오는 버스 안.

"우리 아들, 오늘… 어땠어?"

"진짜 불쌍하네요."

"그렇지? 그러니까 너도 앞으로는 불평 같은 거
하지 말고, 항상 감사하는 마음으로 살아야 한단 말
이야. 막상 말로 나나 네 엄마가 너를 버렸다면, 네
인생이 어떻게 됐겠어?"

"에이, 아빠 같은 분이 설마 그러시겠어요?"

"뭐? 이 녀석, 넉살은. 하하하…."

그랬다. 아마 그러지는 않았을 것이다.

'하지만 만약 그때 저수지에 뛰어들었더라면, 고속도로에서 충돌사고라도 냈더라면, 네 인생이라고 별 수 있었겠느냐? 아마 저 아이들과 크게 다르지 않았을 것이다.'

  사업하는 친구가 빚을 내는 데 연대보증을 섰다가 '벼락'을 맞았다. 교육공무원 봉급에 차압이 들어왔다며, 교장은 목을 자르겠다고 달려들었다. 그때마다 울고불고하길 여러 차례. 겨우 목숨을 연명해 가던 중, 이번에는 아버지의 사업이 파탄을 맞이했다. 더 이상 희망이 없어 보였다. 그래서 영민은 죽음을 생각했다. 하지만 직접 실행에 옮기지 못했던 것은 이제 갓 고등학생인 외아들 때문이었다. 녀석의 남은 인생이 너무 안쓰러워, 녀석이 감당할 삶의 무게가 가늠이 안 되어 결단하지 못했었다. 그러던 중, 오늘도 심란한 마음으로 영아원을 방문하게 되었던 것이니.

  영아원에 다녀온 지 서너 달이 흐른 때부터 매달

5천 원씩을 후원금으로 작정하고, 우체국 통장으로 자동이체 시켰다. 그리고 다음 달부터는 금액을 1만 원으로 인상했다. 기도내용은 이랬다.

'어떤 사람들은 그럴 돈이 있으면, 빚이나 갚으라 하겠지요. 하지만 제가 빚 때문에 받는 마음의 고통보다 더 절박한 형편의 아이들이 저렇게 많은 걸요. 가막골 고아원에서 나를 바라보던 그 형형한 눈빛의 아이는 지금 유명한 변호사가 되어 억울한 사람들을 돕고 있다네요. 나는 한 푼도 보태주지 못했는데도 말이지요. 그리고 그 뚱뚱한 우리 당숙은 당뇨병이 도져 작년에 죽었고요. 빚만 흠씬 짊어진 채, 사람들의 손가락질과 비웃음 속에서요. 사치와 방탕한 생활 때문이겠지요. 아버지 사망 후 배다른 자식들끼리 유산다툼이 벌어졌는데요. 그 때문에 큰아들이 골치를 썩는답니다. 물론 빚잔치하느라 여념이 없기도 하고요. 고아원은 진작 다른 시설로 바뀌고, 주변 전답과 산들은 채권자들의 손에 넘어갔다네요. 그래서 드리는 말씀인데요. 제가 지금이라도 맘껏 돕고 살아갈 수 있도록 도와주세요. 제가 비난과 비웃음의 대상이 아닌, 칭찬과 부러움의 대상이 되게 해주세요. 어둠을 밝히는 작은 촛불이 되게 해주세요. 복의 근원, 축복의 통로가 되게 하여 주세요. 평생 가난한 자를 도우며 살아가게 해주세요.'

가슴에 손을 얹고, 지난날을 돌아보았다.

'나는 그동안 나 자신의 문제에만 매달려 주위 사람들, 이웃의 형제자매들에게는 진정으로 마음을 열지 못했다. 세상에는 나보다 못한 환경의 사람들이 얼마나 많은가? 적금 통장 하나 없고, 아무런 직업도 없이 하루하루를 버티어 나가는 사람들, 배운 것 없고 배경도 없어 장래조차 기약할 수 없는 사람들, 교회에서마저 소외 받지 않을까 전전긍긍하며 살아가는 사람들… 그래. 내가 그들을 끌어안지 못한다면, 나는 진정 거듭난 사람이 아니다.'

2년 전, 그야말로 우연한 기회에 이곳 풍암동으로 이사를 오게 된 것도 생각할수록 신기했다.

'왜 나를 이곳, 시내에서 뚝 떨어진 곳으로 오게 하셨을까? 거기에는 분명 섭리가 있을 것이다. 라면으로 허기를 때우며 찬양 연습에 몰두하는 청년들, 남편의 구박을 피하여 아이들을 등에 걸쳐 업고 교회로 줄달음치는 여자집사들, 천 원짜리 두 장이나 세 장을 정성스레 헌금봉투에 넣는 가장들…. 과연 나는 그들에게 어떤 존재인가? 청년들에게 밥한 끼 사본 적이 있는가? 그 여자집사들을 위해 기도 한 번 제대로 드린 적 있는가? 어깨가 처지고 얼굴에 수심이 가득한 가장들에게 위로의 말 한 마디라도 건넨 적 있던가?'

금요일 철야예배가 시작되기 전, 다소 일찍 집을 출발하여 교회 주변을 산책한 적이 있었다. 아내는 찬양연습 중이었고, 영민은 맑은 공기를 마시며 무작정 걸었다. 그때 영혼이 맑아지는 것을 느꼈다.

'어쩌면 어렸을 적부터 품었던, 맑고 순수하고 깨끗한 영혼이 되살아나는 시간이었는지도 모른다. 세상 풍파에 시달리는 동안 상실하고 말았던, 그 아

름다운 동심이 새롭게 나를 사로잡고 있거늘. 아,
바로 이거다. 산 속에 들어가 길을 잃었다가 겨우
본래의 길을 찾은 느낌….'

　물질을 걱정하고 명예에 집착했던 스스로를 돌
아보며, '과연 나는 진정한 크리스천인가?'라는 물
음을 수없이 던졌다. 진실로 가난하고 낮아진 마음
으로 주변을 돌아보는 순간, 눈에 비늘이 벗겨지는
느낌이 들었다. 경제적으로는 회생이 불가능하게
여겨졌을지라도, 자신의 인생 그 어느 때보다 행복
하고 뿌듯한 시간이었다. 많이 가졌다고 생각될 때
에는 보이지 않았던 부분들이 나타났다. 욕망에 사
로잡혀 있는 동안에는 무시했던 것들이 새롭게 다
가왔다. 마음이 가난해지는 순간, 지나쳤던 문제들
이 새록새록 떠올랐다. 어린아이의 빈 마음으로 돌
아가는 순간, 비로소 어른이 된 느낌이 들었다.

　'지금까지 살아오는 동안, 이웃을 돌아본 적이 있
었던가? 남을 섬기려 한 적이 있었던가? 부모형제,
친척, 친구들, 내가 아는 사람들을 그저 욕망을 달

성하기 위한 수단으로만 보아왔던 나, 늘 대우받는 데에만 신경을 곤두세우고, 그것이 채워지지 않을 때에 불평을 터뜨렸던 나였다!'

회개는 기도로 이어졌다.

'제가 이 땅에 사는 동안 남을 위해 기도하는 사람이 되게 해 주십시오. 고아와 과부, 병자와 소외된 자의 편에 섰던 주님의 그 마음을 닮게 하소서. 이틀 만에 핏덩이로 버려진 아이의 속옷 하나라도 선물할 수 있도록 해주소서. 광주리에 담겨 눈만 말똥거리는 아이에게 따뜻한 시선으로 응답하는 저 되게 해주소서. 살포시 다가와 옷자락을 만지던 아이의 손을 따뜻하게 잡아주는 저 되게 하시옵소서. 걷지 못하는 아이를 단 1주일만이라도 나의 집으로 초대하여 섬기게 하소서. 1주일에 단 1분만이라도 그들과 전화상담할 수 있는 사람 되게 하소서. 거창한 명예나 권력을 탐하는 대신, 낮은 곳으로 향하는 겸손함을 허락하여 주소서. 집안환경이나 아버지의 직업으로 학생들을 차별하지 않는, 그런 교사 되게 해주세요. 페스탈로치 같은 위대한 교육자는 아니더라도, 세상 사람들로부터 손가락질은 받지 않도록 해주세요. 그리고 이화영화원 같은 시설이 더 이상 필요 없는, 그런 세상 되게 해주세요.'

무작정 가출

《1》

    부도사태 이후, 첫 여름방학이 다가왔다. 모두들 바캉스, 여행을 꿈꾸는 계절. 하지만 삶의 무게에 짓눌린 진수로서는 하등에 기쁠 것도, 반가울 것도 없었다. 다만 출근하지 않아도 되고 그리하여 학교 사람들을 당분간 만나지 않아도 된다는 사실이 반가

울 뿐이었다. 한여름에도 잘 버티던 심사가 무더위가 한풀 꺾일 때쯤, 견딜 수 없는 지경에 다다랐다.

'아, 싫다. 이 도시가 싫다. 사람 냄새 물씬 풍기는, 이 죄악의 공간이 지겹다. 벗어나고 싶다.'

며칠을 궁리하다가 절반을 제하고 나온 봉급 중에서, 20만원을 챙겼다. 그리고 무작정 길을 나섰다.

'아내에게 행선지라도 알릴까? 아니야. 그럼 편지나 메모라도? 아니지. 삐삐는? 그냥 놔두고 가자. 더이상 세상과 사람에게 연연해하지 말자. 자유인으로 떠나는 거다. 돌아올 기약 없이, 방랑시인 김삿갓*처럼 떠나는 거다. 죽음이라도 현재의 삶보다는

---

* 김삿갓(1807~1863): 본명은 김병연. 조선 후기의 방랑시인. 속칭 김삿갓 혹은 김립(金笠)이라고도 부른다. 아버지는 김안근이며, 경기도 양주에서 출생하였다. 1811년 홍경래의 난 때, 선천부사로 있던 조부 김익순이 홍경래에게 항복하였기 때문에 연좌제에 의해 집안이 망하였다. 당시 여섯 살이었던 그는 하인 김성수의 도움으로 형 병하와 함께 황해도 곡산으로 피신하여 숨어 지냈다. 후에 사면을 받고 과거에 응시하여 김익순의 행위를 비판하는 내용으로 답을 적어 급제하였다. 그러나 김익순이 자신의 조부라는 사실을 알고 난 후, 벼슬을 버리고 스무 살 무렵부터 방랑생활을 시작하였다. 그는 스스로 하늘을 볼 수 없는 죄인이라 생각하고, 항상 큰 삿갓을 쓰고 다녀 '김삿갓'이라는 별명이 생겼다.

나을 터. 현상(現狀)을 타파할 수 있는 일이라면, 무엇이든지. 나폴레옹처럼, 히틀러처럼, 레닌이나 체 게바라*처럼 나는 오늘 혁명을 감행하는 거다!'

왜 그런 '막가파'식 생각을 했는지, 스스로도 알 수 없었다. 막가파? 막가파라. 지존파에 못지않은 살인사건. 2년여 전인 1996년 10월에 벌어진 조직폭력배에 의한 살인사건. '막가는 인생'이라는 이름을 따서 막가파라 지었다나?

소매치기와 부축빼기(술 취한 사람을 부축해 주는 척하면서 주머니에 든 것을 털어가는 소매치기 수법) 등의 다양한 범죄를 저질렀고, 특히 취객을 대상으로 한 무차별적인 폭행을 한 뒤 돈을 빼앗는 일명 삥치기(죄수들의 은어로, '노상강도'를 이르는 말)를 가장 많이 하였다고 알려진 범죄조직. 주유소를 대상으로 한 3번의 강도사건을 저질렀고, 야구방망이를

---

* 체 게바라(1928~1967): 아르헨티나 출생의 쿠바 정치가이자 혁명가. 피델 카스트로를 만나 쿠바혁명에 가담하였고, 라틴 아메리카 민중혁명을 위해 싸우다 볼리비아에서 사망.

휘두르고 심지어 회칼로 위협하여 돈을 빼앗았다고 하는 무시무시한 인간들.

'아! 그 끔찍한 장면도 있었지. 시체를 묻었다는 현장에 도착하여 소금창고 바닥을 파보자, 진짜로 나체의 여자 시체가 나왔다지? 세상에! 더욱이 여자의 목이 꺾여 있었던 것은 생매장하던 도중에 구덩이가 너무 얕아 목을 꺾어 묻었기 때문이라고 하니….'

순간, 몸서리가 쳐졌다.

'그런데 왜 내가 이런 생각까지 하지? 아무렴 내가 그들과 같을까?'

아무리 처지가 궁색하더라도, '범죄자'를 닮을 수는 없다 생각했다. 범죄의 유혹이 아무리 거세어도 최소한의 도덕성은 갖고 있다 여겼다. 그럼에도 자꾸 머리를 쳐드는 잡념을 떨쳐버리고자 애를 썼다.

일곡동과 가까운 패밀리 랜드 쪽으로 방향을 틀었다. 복잡한 시내를 피하기 위해. 담양 대전면 소재지를 지나 장성 쪽으로 핸들을 돌렸다. 읍내의 입구에서 천 원짜리 두 장을 주고, '옛날 찐빵' 세 개를 샀다. 하나를 먹다가 목이 메어 슈퍼에서 콜라 한 병을 샀다. 차 안에서 점심을 때울 작정이었다. 세상으로부터의 탈출을 꿈꾸며 나선 길이지만, '수중의 돈을 낭비해서는 안 된다'는 압박감으로부터 해방될 수는 없었다.

장성댐 앞을 지나 고창읍을 향한 국도에 들어섰다. 조금 달리다 보니, '영화 마을'이라는 팻말이 나왔다. 꾸불꾸불한 산길을 올라갔다. 그러나 요란한 팻말과는 달리, 이렇다 할 시설이나 장치는 없었다. 입구의 정자나 동네 앞을 흐르는 개울, 옹기종기 모여 있는 가옥들의 정경 자체가 전형적인 한국의 농촌을 연출하고 있긴 했다. 동네 꼭대기 근처에 차를 세운 다음, 김장 무를 다듬고 있는 노파에게 물었다.

"할머니… 여기 사람들… 많이 오지요?"

"관광객들이랑 사람들이 오게 헐라먼, 동네 안질(안길)도 고치고 부서진 담배락도 고차야 헐 것 아니요? 근디 문 돈이 있간 디?"

이번에는 삽질을 하고 있던 할아버지.

"닌장! 말만 영화촌이라고 요란허제. 실은 여그 사는 사람들, 입에 풀칠허기도 심들어. 그런게 이런 일 저런 일 다 험시로 살아야제, 어쩔 것이여?"

영화 〈태백산맥〉, 〈내 마음의 풍금〉, 〈서편제〉, 〈왕초〉 등에 등장했던 곳, 전남 장성 금곡의 영화마을. 소재지는 전남 장성군 북일면 문암리. 영화 및 드라마 촬영지로서 임권택 감독이 장성출신이라 하여 더욱 널리 알려진 장소이다. 주변에 축령산 휴양림이 있어 휴식에 더할 나위 없이 좋은 곳. 하지만 모처럼 '영화'와 같은 풍경을 기대했던 진수의 가슴에 주민들의 힘 빠진 소리는 휑 찬바람을 불어오게 했다(이후 1960년대 경관을 간직한 영화촬영지와 전통초가 등을 연계한 프로그램 개발의 우수성을 인정받아, 2006년 문화관광부로부터 '협력적 관광개발 모델 시범사업'으로 선정되어, 적지 않은 국고 지원을 받게 되었음).

'아! 여기서도 돈이 귀신처럼 달라붙는구나!'

어렸을 적 멋모르고 논배미에 들어섰다가 종아리에 달라붙어 떨어질 줄 모르던 거머리*가 생각났다. 몸 속 깊숙한 곳에 입을 박고, 탐욕스럽게 빨아대던 녀석. 질겁하여 한동안 어쩔 줄 몰라 하다가 겨우 용기를 내어 손으로 잡아떼려 해도 떨어지지 않던 거머리. 간신히 떼어내면 그 자리에 선홍빛 피가 묻어나던, 그 불쾌한 기억들.

'괴물, 개자식들. 비싼 이자로 내 피를 빨아먹은 놈들… 내가 꿈꾸는 세상은 과연 여기에도 없는가? 나는 영화 속의 주인공이 아니다. 빚진 죄인일 뿐이다!'

《2》

고창읍을 지나, 부안 쪽으로 길을 잡았다. 젓갈로 유명한 곰소를 지나 채석강으로 잘 알려진 격포항 중앙도로를 통과하는데, 묘한 생각이 떠올랐다.

---

* 거머리: 숙주의 피부에 상처를 낸 후 거머리는 히루딘(hirudin)이라는 화학물질을 분비하는데, 히루딘은 숙주의 피가 상처부위에서 응고되는 것을 막는다. 숙주에 달라붙은 지 30분 이내에 거머리는 몸무게의 10배에 해당하는 피를 빨아먹는다. 배불리 먹은 거머리는 아무 것도 먹지 않고 수개월을 버틸 수 있다.

'만약 내가 사는 곳이 에덴동산이라면? 열심히 일하고 돈 많이 모은 사람들이 이방인 취급을 받지 않을까? 맞아. 주렁주렁 매달린 열매 따먹고 맑은 물이 샘솟는 연못에서 물마시고 푸른 풀밭에 드러누워 흘러가는 구름 바라보며 아무 근심걱정 없이 살아가는 곳, 난 그곳에서 태어나야 했어. 벌거숭이 몸처럼 숨길 것도, 감출 것도 없는 그런 곳에 나는 살아야 했어. 고로 죄악 많은 세상에 태어난 나에게는 죄가 없다. 두뇌가 비정상적으로 자라버린 인간 군상 사이에서 살아온 잘못밖에 나에게는 죄가 없다. 죄가 있다면, 엉뚱한 데서 태어난 것밖에….'

　굽이굽이 돌아가는 산길을 달리는 동안 현실에서 탈피하고 싶은 욕망은 언젠가 신문에서 보았던, 한 철학교수에 관한 기사를 생각나게 했다. 과감하게 교수직을 집어던지고 변산반도 끝자락 어디에선가 자연농법으로 농사를 지으며 살아간다고 하는, 그 사람.

　'기존질서 안에서는 어차피 부수어진 삶, 망가진

인생이다. 그렇다면, 남은 항해 기간 동안 180도로 항로를 바꿔 버릴 필요가 있지 않을까? 살아오는 동안 결단이 필요할 때가 있었고, 난 그때마다 성공을 거두었다. 고등학교 2학년 때 자퇴서를 내고 검정고시를 치러 대학에 진학한 일, 인기 없던 철학과를 스스로 선택했던 일, 중등교사 자격증을 반납한 일, 쥐뿔도 없는 주제에 전역하자마자 석사과정부터 들어간 일, 모교 대신 이웃한 국립대학 박사과정에 진학한 일, 200여 리 떨어진 작은 대학에서 시간강사와 조교 경력을 쌓고, 그곳에서 활로를 찾지 못하던 중 광림대학 공채에 도전하여 교수가 된 일등등. 남이 가보지 않은 길, 남들이 가기 싫어한 길을 선택하여 나름대로 성과를 냈었다. 그렇다면 인생 최대의 위기를 맞이한 지금, 나는 지난날 내 삶을 지탱해 주었던 결단을 다시 한 번 내려야 한다. GOP 남방한계선의 철책을 지나 비무장지대 지뢰밭에서 목숨 걸고 앞장을 섰듯, 운명 앞에 정면으로 맞서야 한다. 콜럼부스가 오직 지도와 나침반에 의

지하여 신대륙을 향해 나아갔던 것처럼, 미지의 세계를 향한 승부수를 띄워야 한다!'

왼쪽으로 서해바다가 내려다보이는 산길을 잡아 돌다가 수소문 끝에 '괴짜' 교수의 거주지를 알아낼 수 있었다. 서서히 식어가는 햇빛을 등에 지고, 비포장도로를 달렸다. 울퉁불퉁한 돌들이 많아 낡은 타이어가 망가지지 않을까 염려되었다. 벌써 10년째 타고 있는 고물자동차. 땅거미가 질 무렵, 어느 문중의 시제를 모시는 제각 앞에 섰다. 개량 한복을 걸친 한 젊은이가 아이를 품에 안은 채, 대문 앞으로 걸어 나왔다.

"어떻게 여기서 생활을…."

"아, 그건요. 동네 분들을 설득하여 이곳을 주거지로 사용하는 대신, 일정한 세를 주고 있지요."

"어떤 분들이 사시는 가요?"

"어떤 기준은 없습니다. 다만 몇 가지 규칙이 있긴 합니다. 우선, 아무 조건 없이 2박 3일 동안 일을 해야 합니다. 그 후로는 자율입니다. 그냥 가도 되고,

남아도 되고요. 남고 싶으면, 여기 있는 사람들의 동의를 얻어야 되고요. 예약은 전화로 미리 해야 합니다."

'예약'이란 말이 비수처럼, 가슴을 찔렀다. 아! 여기서도 나는 환영받지 못한 존재로구나. 뒤통수에 따가운 시선을 의식하며, 천천히 길을 내려왔다. 큰 길가의 허름한 식당에 들어가 저녁을 해결한 다음, 근처 동네 쪽으로 차를 몰았다. 입구에 팔각정이 서 있고, 아이들 몇이서 장난을 치고 있었다. 신발을 벗고 마루에 올라서는 순간, 함평 손불면의 안악해변에 자리한 고향 동네 정각이 떠올랐다. 가락동 시장에서 떼돈을 번 2년 후배가 가난했던 어린 시절을 희석시키기 위해 거창하게 지은 건물. 준공식 잔치에 다녀왔다며, 어머니 한씨는 그렇게 말했었다.

"지서도 니가 지셨어야 허는 디, 엉뚱헌 사람이……"

그랬다. 제대로 된 형편이라면, 자신이 지어 마땅할 정각이었다. 왜? 고향 사람들의 기대를 한 몸에 받으며 자랐고, 대학교수에 박사까지 된 마당에 그 것은 당연한 수순이어야 했다. 고개를 들어, 남서쪽 바다와 맞닿은 하늘을 올려다보았다.

'어머니, 언젠가는 퇴락하지도, 부서지지도 않는 정각을 세울 겁니다. 고향 분들 가슴속에 영원히 지 워지지 않을, 금자탑을 세울 겁니다. 노천명 시인은 사슴을 가리켜, 모가지가 길어서 슬픈 짐승이라 노 래했다지요?'

　　모가지가 길어서 슬픈 짐승이여
　　언제나 점잖은 편 말이 없구나
　　관(冠)이 향기로운 너는
　　무척 높은 족속이었나 보다
　　물속의 제 그림자를 들여다보고
　　잃었던 전설을 생각해 내곤
　　어찌할 수 없는 향수에
　　슬픈 모가질 하고 먼 데 산을 바라본다

'어머니, 고향을 향해 목을 빼어든, 제 모습이 죄가 될까요? 장원급제하여 금의환향하는 이몽룡처럼, 그렇게 고향 분들 앞에 나타날 때가 과연 나의 생에 있을까요?'

변산 앞 바다에서 불어오는 바람이 이마의 땀을 식혀 준다. 장기판을 차린 동네 할아버지들을 하릴없이 바라보고 있노라니, 이번에는 두고 온 집 생각이 났다.

'과연 내가 가장의 자격이 있기나 한 사람인가? 내 가족에게 필요한 것은 내가 아니라, 돈이지 않을까? 이 부끄러운 몸뚱이가 안개처럼 사라지고 경제적인 부채만 해결할 수 있다면, 나의 가족들은 행복하게 살아갈 수 있지 않을까? 자신의 몸을 송두리째 새끼들에게 먹이로 제공하는 곤충*도 있다는

---

* 에어리염낭 거미는 새끼들이 태어나자마자 그들의 첫 먹이가 된다. 새끼를 낳을 때 어미거미의 배에서 작은 새끼거미들이 바글바글 나오고, 그 새끼거미들이 어미를 먹는 것이다(거미는 곤충이 아님). 일부 땅꾼들은 살모사(殺母蛇)가 새끼들한테 잡아먹히는 장면을 직접 보았다는 말을 한다. 이와 반대로 어미가 새끼를 잡아먹는 경우도 있는데, 대표적인 것이 바로 햄스터(쥐목 비단털쥐 과의 포유류)이다. 하지만 이 햄스터

데, 내 몸이 부셔져 가루가 될지언정 이 경제적 고통을 아들에게 물려줄 수는 없다!'

다시 길을 올라갔을 때에는, 주황색 백열전등 불빛이 대문 근처를 밝히고 있었다. 처음 만난 사내가 앞장을 섰다. 인가가 옹기종기 들어앉은 곳 쪽에서 요란한 노랫소리가 흘러나왔다. 이윽고 가락이 뚝 그치고 어수선한 소리가 들리는가 싶더니, 어둠 속에 그림자 하나가 쑥 나타났다.

그와 둘이서 천천히 걸었다. 그의 입에서는 술 냄새가 풍겨났고, 목소리가 약간 뒤틀려 있었다. 그러나 걸음걸이는 비틀거리지 않았다.

"저는 광림대학교에 근무합니다. 이런 데서 같이 일을 해보고 싶은데요."

역시 그런 행동을 하는 데에는 새끼를 보호하려는 측면이 강하다. 가령, 새끼를 낳았는데 환경이 여의치 않을 경우, 사람이 시도 때도 없이 들여다보고 신기하다고 새끼를 만지면, 어미는 위협을 느끼고 더 이상 새끼를 키울 수 없는 환경으로 판단하여 새끼를 집어삼킨다. 적의 침입에 대비하고 영양을 보충하여 다음 새끼를 준비하기 위함이다. 사람이 새끼를 만지면 새끼에게서 사람의 냄새가 나게 된다. 어미는 이 새끼를 자기의 적으로 간주하여 새끼를 죽이게 된다.

"좋지요. 우리나라 농법은 땅과 사람 모두에게 치명적인 해를 끼쳐요. 이제는 땅과 자연, 사람 모두가 함께 사는 방법을 찾아야 하거든요."

녹음기를 틀어놓은 듯, 신문에서 읽었던 내용이 되풀이되고 있었다.

"저도 농촌에서 자랐기 때문에, 어느 정도 일을 할 줄 압니다."

"흙과 더불어 사는 것이 얼마나 좋습니까? 오늘 새로 온 친구가 저녁을 대접했는데요. 이렇게 땅 냄새, 사람 냄새 맡으면서 맑은 공기를 마시며 살아가는 것이 행복 아니겠습니까?"

"……."

"이곳에서는… 모든 것이 저 혼자 결정할 수 없습니다. '식구들' 의견을 들어봐야 하거든요. 한 사람이라도 반대하면 안 됩니다. 어쩌지요? 멀리에서 오셨는데…."

말은 점잖게 했으되, 행간에 느껴지는 메시지는 '노'였다. 어쩌면 그가 '대학교수'라는 이쪽의 신분에 거부감을 가졌을지도 모른다는 생각이 들었다.

'신문지상에서 요란하게 떠들어대지만, 당신은 더 이상 시대의 반항아도, 철저한 환경론자도, 영웅도, 우상도 아니야. 오히려 보통사람들보다 더 강렬하게 세속적 욕망에 사로잡혀 있는, 속물에 불과하다고. 아무리 고상한 척 해도, 인간 속에서 선한 것이 나올 리가 없지. 민진수, 그렇게 많은 사람들의 악취를 맡고도 여태 부족하단 말이냐?'

입만 열면 죽마고우, '깨복쟁이' 친구라며 우정을 다짐하던 초등학교 동창생들도, 한평생 함께 하자고 맹세하던 같은 대학 동료교수들도, 한 피를 나누었다며 명절 때마다 고스톱을 치며 친목을 다지던 사촌들도, 한 뱃속에서 나왔다며 살이라도 깎아 줄 것 같던 친형제자매도 부도났다는 소식에 전화 한 통 없었다. 국회의원 선거에 나오면 1억 원씩이라도 기부하겠다고 입에 거품을 물던 고교동창생들에게 어렵게 되었다는 소식이 전해진 후로 밥 한 끼 사는 놈 없었다.

'개자식들, 아부꾼들, 위선자, 이중인격자, 철면
피….'

신발에 묻은 흙을 털어 내는 심정으로, 힘껏 페달
을 밟았다. 포장된 국도를 따라 30여 분을 달리다가
네온사인이 켜진 여관 앞에 차를 세웠다. 저렴하면
서도 쾌적해야 할 텐데. 안방에서 화투를 치고 있던
여자가 뛰어나온다. 안내된 곳은 안채에서 동떨어
진 단층 건물. 여자는 대형 홀 옆에 딸린 작은 방을
가리켰다. 두 사람이 누우면 꽉 찰 만큼 방은 비좁
았다.

'하룻밤 몸을 뉘일 만한 공간이 있는 것에 감사하
자.'

《3》

이튿날. 정읍 쪽으로 방향을 잡았다.
'아! 나는 진정 자유인이 된 걸까? 왜 진작 이러
지를 못했을까? 왜 허허롭게 길을 떠나지 못했던

것일까? 나의 것이라 고집했던 것들을 언제든지 버릴, 마음의 준비를 해야 한다.'

아내와 아들의 얼굴이 어른거렸다. 하지만 애써 지워 버렸다. 해안도로를 따라 질주하다가 절벽 아래 어느 작은 해수욕장으로 핸들을 틀었다. 언덕을 내려가 한쪽 길가에 차를 세운 다음, 백사장으로 나아갔다. 우거진 송림 사이로 탁 트인 서해를 바라보는 순간, 건너편 하늘에 민씨의 얼굴이 떠올랐다.

'바다는 늘 아버지를 생각나게 한다.'

멀리 도리포항(전남 무안군 해제면 송석리 도리포 지선에 있는 어항)이 바라보이는 작은 해수욕장, 그곳에 함께 갔던 어린 시절의 추억들 때문일까? 아니면 품이 넓은 바다와 아버지의 가슴이 겹쳐 떠오르는 때문일까? 예상치 않게 그가 그리워지고 말았다. 정치와 돈, 욕망의 화신으로 각인된 아버지, 어머니 한씨를 두들겨 팰 때 지르는 고함소리와 욕설, 짜증, 남을 탓하는 소리, 꾸짖는 소리들. 그러나 오늘 멀리 수평선에 떠오른 그의 체구는 너무나 왜소해 보였다. '연상의 여인'을 부를 때의 그 가늘고도 쉰 듯한 목소리와 닮아 있었다.

'아버지, 당신의 강한 표정 앞에 전 항상 주눅이 들었지요. 부드러운 아버지를 두지 못한 자신을 불행하다 여겼습니다. 하지만 아버지의 약한 모습은 싫어요. 동생 진국이 물에 빠져 허우적거릴 때, 비호처럼 달려가 한 손에 건져내셨던 그 장면이 보고 싶어요. 식구들 앞에서 늘 당당하셨던 목소리를 듣고 싶어요.'

아내를 두들겨 패던 그 심정도 이해해 주기로 마음먹었다.

'어머니에게도 답답한 구석이 있었지요. 여성적인 아름다움을 원했던 당신에게, 어머니는 늘 억세고 무뚝뚝하기만 했으니까요. 검은 피부에 툭 튀어나온 광대뼈, 두리뭉실한 몸매에 사투리 억양마저 유난히 강한 어머니, 부지런하고 성실한 미덕마저 미련스럽고 고지식하게만 비쳤겠지요. 첫날 밤 신부 면전에서 열 가지 단점을 지적할 만큼 사랑과는 거리가 먼 여자를 만나 엉겁결에 5남매를 낳고, 가난을 떨쳐버리기 위해 몸부림쳐야 하는 생활의 굴레 속에서 당신은 청춘을 불살라야 했지요. 40대 중반 사업에 성공하였을 때, 당신과는 너무나 어울리지 않는 배필임을 확인하셨겠지요. 아까운 청춘 다가기 전에 멋진 로맨스를 구가하고 싶으셨겠지요. 그래서 어머니보다 더 젊고 아름다운 여성에게 마음을 빼앗긴 것은 당연한 일이었을 겁니다. 늦게 터진 그 사랑의 씨앗이 민윤정이라고 하는 딸로 나타났던 거고요. 그 딸은 어느새 성장하여 결혼을 눈앞에 두고 있지 않습니까?'

처음 그 말을 들었을 때, 허탈감과 분노에 몸을 떨었다. 스무 살의 청년 가슴은 아버지의 불륜을 소화시키기에 턱없이 좁았다.

'하지만 제가 아버지의 처지에 있었더라면, 저 역시 그리했을지 모릅니다. 아니, 더했을지도 모르지요. 험한 세월, 감정의 격랑 속에서 못난 조강지처 버리지 않고 가정을 유지해 온 것만 해도 어딥니까? 아버지, 사랑하는 아버지, 어차피 당신이 피땀 흘려 벌어놓은 돈을 정치와 사업에 투자하여 한순간에 날려버렸다고 정죄해서는 안 될 일이었습니다. 껍질이 딱딱하지만 속살이 부드럽고 말랑말랑한 그런 연체동물처럼, 자식에 대한 사랑을 안으로만 삭힐 뿐 겉으로는 늘 거칠게 나타내셨던 분이 아닙니까? 그 어떤 아버지보다도 진한 사랑이 당신에게 있음을 저는 많이도 체험했었습니다. 자식들을 너무 편하게 키우면 세상살이에서 낙오자가 될지도 모른다는 불안감에 짐짓 큰 소리를 내야 했던 당신의 그 고독을, 이제는 헤아릴 것 같습니다. 아들을 두고 보니, 이제 제가 한 가정의 가장이 되고 보니, 그 외로움을 어렴풋하게나마 알 것 같습니다. 서해안의 어느 작은 바닷가 마을에서 태어나 고향 발전을 위해, 가문의 영광을 위해 정치에 뛰어든 것도 이해합니다. 정치를 위해 가족을 내팽개친 것이 아니었음도 깨달았습니다. 혼자 잘 먹고 잘살기 위해 사업에 뛰어든 것이 아니었음도 알아차렸고요.

아버지 시대, 아버지 입장에서는 그것이 최선이었을지도 모르지요. 아버지, 어쩌면 제가 당신을 꼭 빼닮았을지도 모릅니다. 저 역시 사랑 표현에 익숙지 못해 애를 먹은 적이 한두 번이 아니었으니까요. 저 또한 작은 희생을 통하여 큰일을 이루는 것이 옳은 방향이라 믿었었거든요. 이 세상에 태어나 내 한 입 먹고 살자 하는 것은 졸장부들의 행태라 치부하고 있었거든요. 그래서 높은 곳을 향해 도전하는 당신을 이제는 이해합니다. 아버지, 용서하세요. 당신의 심장을 알지 못했던 것, 참으로 죄송합니다. 그리고 아버지, 당신을 사랑합니다. 화를 내셨던 것도, 투정을 부리시는 모습마저도 사랑합니다. 그것이 바로 또 다른 사랑의 표현임을 이제는 알기에, 당신을 사랑합니다. 당신의 약한 부분마저 사랑하겠습니다. 아버지, 감사해요. 올곧은 성품과 예민한 감수성, 그리고 육체적 건강을 주신 것에 감사합니다. 비록 지금은 가난할지언정 평범한 촌부가 아닌, 사회의 지도층으로서 서게 해주신 것도 감사하고요.

그 모든 것들이 당신의 수고 덕분임을 이제는 압니다. 저보다 더 험한 세월을 헤쳐오신 당신의 피가 제 몸 속에 흐르고 있는 한, 틀림없이 이 난관을 극복할 것입니다. 당신은 제가 끝내 사랑할 수밖에 없는 제 아버지이고, 저는 당신의 아들이기 때문입니다.'

백사장 안쪽 소나무 숲 아래 플라스틱 의자에 앉아 화답하듯 불어오는 바람을 맞으며, 점심 대용으로 라면을 주문했다.

'아직 절망하기에는, 내 나이가 너무 젊어. 갓 잡아 올린 물고기인 양, 건강한 저 아가씨의 허벅지처럼, 파닥파닥 뛰는 내 청춘이 아니던가?'

시내의 한 사우나에 들어가 쌓인 피로를 푼 다음, 퇴근시간에 맞추어 정읍지원으로 향했다.

"자네가 이곳에 왔다는 소식은 진작에 들었네마는, 인사가 늦었네. 아무튼 축하해."

"축하는 무슨."

고등학교 동기동창생이자 1학년 때에는 같은 반

친구. 당시에는 작달막한 키에 까무잡잡한 얼굴, 꾀 죄죄한 꼴이 영락없는 촌놈이었다. 그런데 어느새 말쑥한 법조인, 그 중에서도 부장판사 급인 지원장 이 되어 있었으니. 얼굴도 맑아지고 행색 또한 지도 층 냄새가 물씬 풍겨났다. 지원을 나와 잠시 걸었 다. 반색을 하는 식당 여자에게 손사래를 젓는 녀석 의 폼이 익숙하다 느꼈다. '공부벌레'라는 별명처럼 미련스레 책만 들여다보던 까까중머리 학생이 어 느새 '영감'이 되어 있으니. 잠시 후, '선배'가 달려 왔다.

"야, 오늘 문(무슨) 바람이 불어 갖고, 우리 정 원 장이 나한테 전화를 다 허고…."

"죄송합니다. 제가 진작 찾아뵈었어야 하는데…."

"그거이 시방 문 소린가? 내가 자조 문안 인사 디 래야 헌 디, 미안허시. 그리고 아, 민 교수? 반갑네. 동창회보에 글도 많이 쓰고, 또 총동문회 부회장인 가 했었지?"

"예, 그렇습니다."

"아무튼 오늘은 판사, 의사, 대학교수가 다 모였네? 허허허… 우리 기분 좋게, 한잔 쭉 허세나."

권하는 술잔을 끝내 물리치고 콜라 잔을 들었다. 진수가 술을 끊은 것은 불과 넉 달 전. 부도나기 직전 마지막으로 교회에 매달리는 동안 서약한 내용이었다. 아무리 망가진 인생이라지만, 그 약속만은 지키고 싶었다. 두 사람이 부리나케 잔을 주고받는 사이, 열심히 고기를 주워 먹었다. 어둑어둑한 지원 청사 앞길을 따라 걷다가 어느 2층집 찻집 앞에 멈추었다. 실내 장식 역시 전통 차를 파는 찻집다웠다. '건강에 아주 좋다!'는 마담의 애교 섞인 권유에 모두들 쌍화차를 시켰다.

"선배님도 3백 원짜리 갖다가, 3만 원 받습니까?"

"누가 그래? 글 안 해. 천 원짜리 갖다가 10만 원 받제. 허허허…. 그 전보당 단위가 쪼까 올랐그든. 그래도 맨 입으로 허는 자네 씨들보다는 낫지 않은가? 허허허…."

"우리사 사건마다 다르니까 머리라도 써야 허지

만, 교수들은 해년마다 똑같은 강의안 우려먹잖아
요? 어이 민 교수, 그래, 안 그래?"

"응? 어떻게 알아버렸네? 강의 노트가 닳아져서
덜렁덜렁 해. 어떨 때는 내가 녹음긴가 테이프인가
한다니까. 하하하…."

"셋이 앉아서 꼴좋다. 그러니 대한민국이 제대로
돌아가졌어?"

술기운을 빌어, '선배'는 서서히 자신의 위치를
찾아가는 중이었다. 진수도 질세라 가세했다.

"이렇게 해야 나라가 돌아가지요. 연구를 많이
해서 강의가 어려워지면 학생들이 싫어하거든요.
산부인과 같은 데는 처녀들 중절수술만 한다면서
요? 정상 분만은 돈이 안 된다고. 엄연한 부인네들
한테도 웬만하면 제왕절개를 권하는 바람에 세계
에서 그 비율이 제일 높고요. 그렇게 편법이나 불법
을 쓰지 않으면, 대한민국 병원이 안 돌아간다면서
요?"

"응? 그렇지. 병원도 남아야 장사를 하니까. 허허

허…."

"선배님도. 지금 이 판국에 웃음이 나옵니까? 정 원장, 자네는 이런 의사들 안 잡아들이고 뭐해?"

"판사가 고난시(괜히) 쌩 사람 잡아들일 권리 있나? 아무튼 조금만 지나면 '치과요, 내과요' 소리치며 골목을 돌아다닐 의사가 나오게 생겼다니. 그러고 보면 선배님. 의대도 한물갔지요?"

"이 사람아. 그래서 의대 정원을 못 늘리게 그 난리를 떠는 거여. 의사 단체에서…."

"그야 우리 법조계도 마찬가지 아닙니까? 그렇게 막을락 해도 사시(사법시험) 합격자가 많이 늘어나 버렸지만요…."

"결국 힘없는 놈들만 끝까지 당하고, 눌리고 사는 거지요 뭐. 솔직히 시간강사와 전임교수 사이에 무슨 실력 차이가 나겠습니까? 속된 말로 한 끗 차이지요. 그런데도 수입은 열 배도 더 차이가 나니. 그런데도 교수들은 기득권만 지키려 그 난리를 치고. 그러니 철밥통이란 말이 나오는 거고요."

"그래서 일본말로, '민나 도로보데스'라는 말이 나오는 거여."

관용차를 대신 운전하여 언덕배기로 올라서자 1층 건물이 나타났다. 뒷산을 배경으로 한적한 곳에 자리 잡은 관사는 널찍한 마당을 갖고 있었다. 건물 자체는 단순하고 투박하지만, 무척 튼튼해 보였다.

"이 넓은 집에서 자네 혼자 사는 거야?"

"애기 엄마가 초여름에 내려왔다가 벌레가 아이들을 무는 통에 도저히 못 견디겠다고, 올라가 버렸어. 초등학교에 다니는 아이도 있고. 나… 늦게 결혼했잖아?"

늦게 결혼하기도 했지만, 결혼 후에도 한동안 아기가 없어 고민했다는 이야기를 들은 적이 있었다. 가난한 형편에서 대학원 재학 중에 사법고시에 패스하자, 어느 돈 많은 집에서 데릴사위 식으로 싸갔다느니, 부잣집에서 자란 며느리와 농촌에서 손바닥만 한 땅을 붙여 먹고 살았던 시어머니 사이에 갈등이 생겨 중간에서 이러지도 저러지도 못한다느니 하는 소문들도 있었다. 그렇듯 우유부단한 성격을 갖고 어떻게 추상같은 판결을 내릴 수 있을까 궁금했다.

"자네, 재판 자주 하나?"

"대개 아래 친구들이 많이 하고, 난 그저 관리나 하고 그러지 뭐. 대외적인 일이 많아서. 대학에서 싱싱한 젊은이들과 함께 지내는, 자네 팔자가 최고야. 법은 늘 골치 아파."

"아까 그 선배 말이야…"

"아, 왜 밥을 샀냐고? 시내에 병원이 있는데, 제법 커. 병원이 크다 보면, 이런 저런 문제가 많이 생기거든. 환자들 의료사고라든가 쓰레기 처리 문제, 소방시설 점검 등등. 법적으로 걸자면, 한이 없지. 털어서 먼지 안 나는 사람, 어디 있겠어? 그러니까, 나한테 일종의 로비를 한 거야. 하하하…. 먹이사슬이라고나 할까? 어차피 인간도 동물이고, 약육강식의 정글 법칙에 따르는 거 아니야?"

"옳은 소리야."

"뭐 내가 예뻐서 술 사고, 밥 사고 하겠냐고? 자기가 필요허니까 그런 거야. 내 쪽에서 부담스러워서 쭉 자리를 피하다가, 자네가 오니까 타락해 버린 거지. 호호호…."

"얻어먹었으니, 갚아야겠네?"

"그야 뭐 한 건만 봐주어도 밥값의 몇 십 배는 나올 텐데, 알고 남는 장사지. 내가 헐 필요도 없어. 아래에서 알아서 다 허니까."

대강 씻고 헐렁한 옷을 입는 사이, 그는 어디론가 전화를 걸어갔다.

"접니다. 회장님이세요? 어째… 다 모였나요? 알았습니다. 즉시 달려가겠습니다!"

한방병원 원장, 새마을협의회 회장, 시의회 의장 등과 장난내기 고스톱을 치기로 했다는 것. 차는 의장이 보내기로 했단다. 빙그레 웃는 얼굴이 그 어느 때보다 행복해 보였다. 부리나케 나가는 그의 뒤통수를 바라보고 있노라니, 한심한 생각이 들었다.

274

'야! 다른 사람들이 도박을 하면, 눈에 불을 켜고 달려들 판사가….'

법조인들이 마작을 즐긴다는 소릴 듣긴 했었다. 하지만 오랜만에 찾아온 친구를 남겨두고 나갈 만큼 '중독'이 되어있다니.

'하기야 과중한 업무에 쌓이는 스트레스를 풀만한 곳이 마땅치 않아, 서로의 비밀을 지켜줄 만한 사람들끼리 모여 간단한 오락(?)이라도 즐기겠다는 데. 더욱이 가족도 없는 적막공산 관사에서 독수공방을 하는 신세, 밤새워 술과 작부에 놀아나는 것보다야 낫겠지. 업무에 지장을 초래하지만 않는다면, 사회적으로 순기능을 할지도 모르고.'

목양대학에서 조교로 근무할 무렵, 학과 교수들끼리 여관에 들어 대낮에 포커 놀이를 즐기던 일, 광림대학교 입사 동기생들과 야외 식당을 돌며 고스톱을 치던 일이 생각났다.

'까짓 것. 삼팔선을 나 혼자 지키냐?'

쉬이 잠이 올 것 같지 않아, TV를 켰다. 심야의

프로를 시청하던 중, 눈까풀이 무거워졌다. 비틀거리며 옆방으로 걸어가 몸을 던졌다.

《4》

오전 6시. 그가 잠을 깨웠다. 대문 앞에 관용차가 대기하고 있었다. 운전기사가 깍듯이 인사를 한 뒤, 뒷문을 열어 준다. 진수가 안쪽으로 들어가고, 그가 상석에 앉았다. 차가 골목을 빠져나가는 동안.

"아 참. 김 판사. 여기 내 친군데, 서로 인사하지."

"……?"

'운전기사'가 판사라고? 군대에서 유행했던 우스갯소리가 생각났다. '여의도 광장에서 국군의 날 행사 예행 연습하다가, 삼성장군(중장)이 사성장군(대장)으로부터 쪼인트 맞는다'는 이야기.

"어느새 우리도 나이가 들어 중진 자리들을 차지하고 있으니. 나도 학과에서 최고참이 됐거든. 중진이 된다는 거, 뿌듯하면서도 서글퍼지기도 해. 나이

들었다는 증거이기도 하니까. 자네처럼 베풀 수 있는 입장이라면 모를까, 교수가 무슨 힘이 있나?"

"어느 사회나 마찬가지지만, 법조계에도 S대니, K대니 해서 출신학교끼리 경쟁이 치열해. 다른 학교는 축에도 못 끼고, 지들끼리 콩 치고 팥 치고. 판검사 발령도 암암리에 다 영향을 받거든."

고등학교 시절, 수석을 놓친 적이 없을 정도로 출중했던 그였건만, S대 법학과에 미끄러지고 말았었다. 후기대 법학과에 수석 입학의 영예를 안았고, 결국 '4년 동안, 전액 장학생'의 조건으로 입학했던 것. 그리고 대학원 재학 중 사법고시에 패스함으로써, '신흥 고등학교 역사상, 최초의 사법고시 합격'이라고 하는 대기록을 세웠던 것이니.

"지금도 난 가끔, 후회를 한다니까."

"…뭘?"

"재수를 했어야 하는데, 하고 말이야."

"별 소리를. 자네야 모교의 대표주자 아닌가?"

사실 '대표주자'라는 말에는 진수의 피맺힌 사연

이 배어 있었다. 불과 2년 전 자신의 저서가 베스트셀러가 되어 한창 매스컴에 이름이 오르내릴 때, 누군가가 그랬었다. '아무래도 민 교수가 신흥의 상징적인 인물이 된 것 같다'고. 그러나 지금 그 '베스트셀러 작가'가 빚쟁이가 되어 있으니, '추락하는 것에는 날개가 없다'고 해야 하나?

신선한 새벽공기를 가르며, 승용차는 포도(鋪道) 위를 질주했다. 소음도 내지 않고 미끄러지듯 달리는 성능이나 푹신푹신한 쿠션 등으로 미루어 고급차임에 틀림없다 여겼다. 입구를 지키던 관리인이 절도 있게 거수경례를 붙인다. 절이 바라보이는 곳에 차를 세운 다음, 산길을 올랐다. 한 시간 남짓 걸리는 코스로 인하여 어느새 몸은 땀으로 젖고 말았다.

"요새는 교수들도 연구하지 않으면, 퇴출된다며?"

"논문심사라는 게 있는데, 어차피 교수들이 하는 건데 뭘. 팔이 안으로 굽지, 밖으로 굽겠어? 논문을 내기만 하면, 승진심사에서 탈락되는 경우는 거의 없어. 그러니까 의대 같은 데는 제자들이 쓴 논문 베껴 내고, 몇 년 전에 썼던 것 말만 좀 바꿔서 재탕하고. 재탕은 그래도 낫지. 3탕, 4탕도 한다니까. 아예 학위논문만 써주는 대필자들도 있다는데….”

“교수들이 그래 갖고 되까?”

“심사하는 방법에도 문제는 있어. 전공에 상관없이, 획일적으로 똑같은 잣대를 들이 대니까. 가령 이공계 계통과 인문사회 분야가 같을 수는 없잖아? 또 저서 한 권을 내건 논문 한 편을 쓰건 차이가 없다 보니, 얄팍한 논문에 매달리게 되고. 오히려 논문에는 인센티브로 300만 원 지원금을 주는데, 책은 100만 원도 안 주는 경우가 있어. 그러니까 칸트처럼 20년 연구 끝에 책 한 권을 내면, 별 소득도 없는 데다 자칫 퇴출당하기 십상이지.”

“우리 사회는 너무 급한 게 탈이야. 서로 이견이 있어도 시간을 두고 타협하고 조정하면 되는데, 무조건 고소부터 하여 법정까지 끌고 오거든. 그래서 생기는 낭비가 얼마나 심한데? 재판을 안 해도 될 사건들이 많아."

"판사 수도 부족하다며?"

"혼자서 하루에 300건을 처리해야 하는 경우도
있어. 아무리 작은 사건이라도, 읽어보고 판결을 해
야 하니까. 그리고 한 번으로 끝나면 좋은데, 지고
나면 항소하고, 또 상고하고….."

"그 통에 변호사들만 살찌운다며?"

"뻔히 질 줄 알면서도 소송을 권하는 변호사들이
있어. 지건 이기건, 착수금은 따먹으니까. 안 그러면
사무실 유지허기도 힘드니까, 양심을 파는 거지."

관용차가 내장산 관광호텔 앞에 멈춰 섰다. 프런
트로 다가가자 웨이터가 허리를 굽힌 다음, 열쇠
3개를 건네준다. 익숙한 태도로 보아 이미 관행이
되어 있는 듯 했다. 정 판사가 열쇠 하나를 건네준
다. 각자의 룸에 들어가 샤워를 한 다음, 부속식당
으로 향했다.

"호텔 직원들을 상대로 하는 식당인데, 그래도

먹을 만 해."

"모두 공짜야? 룸도? 하기야 이곳 계엄사령관인데 오죽하겠어?"

'원님 덕분에, 나팔 분다'는 속담이 피부에 와닿았다.

"아무리 강해 보여도, 누구에게나 약한 부분이 있거든. 자네가 학생들 앞에서 약하듯, 사업하는 사람들은 권력에 약하고, 정치인들은 여론이나 돈의 유혹에 약하고…."

"어제 그 선배도 돈을 많이 썼을 텐데…."

"그것도 필요해서 쓴 거라니까. 이 사회에 공짜가 어디 있어? 주면 받으려 하고, 받으면 주어야 하잖아?"

진수 역시 그를 찾은 목적이 있었다. 진국의 화순 사업장 건이 법원에 계류 중이었기 때문에, 담당판사에게 전화라도 한 통화 넣어달라고 부탁할 참이었다. 그런데 여태껏 망설이다가 기회를 잡지 못했던 것이다. 관사에 도착하는 즉시, 짐을 꾸렸다.

"사실 우리가 살아가면서, 부담 없이 만나야 하는데…."

"부담 갖지 말고, 빨리 말해 봐."

대답 대신, 담당판사 이름과 사건번호가 적힌 메모를 건넸다. 다행히 잘 아는 판사라는 대답에 마음이 놓였다. 이 대목에서 뭔가 주어야 할 것 같은 생각이 들었다.

"아이들은 몇이나 되는가?"

"딸만 둘인데, 내년에 막내가 초등학교에 들어가야 하거든. 근데 걱정이 많네."

"왜?"

"근처의 학교를 보내자니… 아빠가 판사라고 하면, 아무래도 기대가 클 것이고…."

"나는 진작 초등학교를 경험했네만, 담임선생들이 아빠의 직업을 많이 보긴 해. 심지어는 대학교수나 의사, 판사 집안의 아이들을 서로 나누어 갖는다는 말까지 있더라고."

"…나누어 가져?"

"학년 초가 되면, 집안 형편이 좋은 아이들끼리 한쪽으로 쏠리지 않도록 교사들끼리 조정을 한다는 거지. 그래야 서로 불만이 없다나, 어쩐다나? 세상 참…."

"교사가 평범하게 대해주면, 얼마나 좋아? 내가 명색이 판산데, 보통 수준에 맞춘다거나 그보다 못하면 도리어 아이에게 피해가 가지 않을까 해서. 옆에 동료들이 그런 말을 하더라고. 촌지 같은 것이 싫어 인사를 안 갔더니, 니네 아빠는 목에 힘주고 다니냐는 둥, 아이를 막 닦달하더래. 그러니까 아이는 학교에 가기 싫다고, 떼를 쓰고…."

"그게 사실일 거야. 나도 교육자이지만, 우리나라는 초등학교 때부터 문제가 많아. 나도 촌지 같은 것 절대 주지 말라고 했는데, 나중에 보니 집사람이 알아서 다 봉투를 했더라고. 당신 말대로 했더라면 아들 교육은 엉망이 되었을 거라고 하는데, 아무 소리도 못했지."

"교수님까지 그러니…."

"아들 녀석 담임이 그렇게 어려울 수가 없어. 담임이 바뀔 때마다 한 번씩 식사 대접만 했는데, 그 앞에 앉아 있으면 땀이 파싹 파싹 나. 그 사람 손에 아들 녀석 교육이 달려있다 생각하니까…."

"모 학교에서는 교사의 아들을 동료 교사가 맡았는데, 같은 식구라 촌지를 생략했대요. 근데 나중에, 그 친구가 욕을 허드래."

"뭐라고?"

"아무리 동료라도 서로 계산은 분명히 해야 하지 않느냐? 줄 것은 주고, 받을 것은 받어야 어영부영헌다고…. 그래서 부속 초등학교에 입학을 시켜볼까 하고."

"아, 교대 부속초등학교? 좋지. 물론 경쟁률이 세서 내 아들도 보내지는 못했는데… 보낼 수만 있으면 좋지. 사내아이보다는 여자아이 쪽이 더 좋다고 그래. 사내아이는 온실에서 자란 화초처럼 나중에 보면 매가리가 없다고도 하고, 친구들이 적어 손해라고도 하고. 왜냐하면, 시내 전체에서 선발하다 보니 집 가까운 중학교에 진학하면 동네 친구가 없으니까, 외톨이가 된다는 거지. 여자아이들의 경우에는 음악이나 미술 같은 예능 계통에서 좋은 교육을 받을 수 있으니까, 나름대로 괜찮고…."

"자네 아는 교수님 덕을 좀 봐야겠는데? 하하하…."

"추첨으로 하기 때문에 자기들은 전혀 융통성이 없다고 그러는데, 사람이 하는 일에 융통성이 없겠어? 아무튼 내가 알아볼 께."

"고맙네. 사람들은 판사라고 하면 뭔가 대단할 거라 생각하지만, 사실은 그렇지 않거든. 돈을 많이 버는 것도 아니고, 명예가 있는 것도 아니고, 권력이 있는 것도 아니니까."

"그래도 보수 면에서는 대학교수보다 나을 거 아닌가?"

"안 그래. 우리도 공무원 봉급, 그대로 받거든. 물론 변호사나 검사들이 로비를 벌이는 경우도 있지만, 그런 돈 잘못 먹었다가는 큰코다치니까 아예 넘보지도 못하고. 그러다 보니, 경제적으로 힘들지. 그래서 차라리 부속 초등학교엘 보내자고 하는 거야. 거기는 점심을 싸지 않아도 되고, 촌지 같은 것도 좀 적은 모양이드라고?"

"다른 학교에 비해서는 그렇다고 하는데, 전혀 없는 것도 아닌 것 같아."

"그런 데다 옛날에는 영감님, 영감님 하면서 사회인들이 존경하는 마음이라도 있었다고 하지만, 요새 어디 그런가? 끄떡 허면, 법정에서도 판사에게 삿대질하고 그런 사람들 많으니까. 방청객들도 통 말을 안 듣고. 또 무슨 권력이 있기를 해? 윗사람들이 하라고 하면, 꼼짝없이 해야 하는데…."

"……"

"유신 겪고, 5.18 겪으면서 법관들 체면이 떨어질 대로 떨어졌어. 말 안 들으면 가만히 안 두겠다는데, 그 자리에서 죽여 버리겠다는데 어떡해? 판사도 사람인데, 우선 살고 봐야지."

"나도 장교 출신이라, 군인들 생리야 잘 알지."

"나는 이 직업에 후회를 많이 하는 편이야. 일도 많고. 밤새워 사건 개요를 읽고 판결문을 쓰다 보니까, 이렇게 눈도 나빠지고. 내 시력이 마이너스야. 어디 가서 이렇게 일을 한들, 이만한 대우 못 받겠어?"

"법관들이 격무에 시달린다는 얘긴 들었지만, 대우가 생각보다 열악하네? 그래서 법조 비리가 생기지 않을 수 없는가 봐. 물론 자네 같은 경우는 청렴하니까 안 그러겠지만, 더러운 물속에서 스스로를 지켜나가기가 얼마나 힘들겠어?"

"사실 이런 말도 우리끼리나 되니까 하지, 다른 사람들에게는 하지도 못해. 배부른 소리라고, 호강에 초 쳤다고 욕할 게 빤하거든."

"과부 속은 홀아비가 알아준다고 하지 않던가? 교수들도 실은 빛 좋은 개살구여. 십 수 년 동안 투자한 원금은 고하간에, 솔직히 이자도 안 나오잖아? 또 의사들도 80%가 자기 직업에 대해 후회한다고, 신문에 났더라고."

"날마다 아픈 사람들만 상대하고 있으니, 얼마나

피곤허졌어? 우리는 날마다 도둑놈, 깡패, 살인자들만 상대하고. 그래도 대학교수 직업이 젤 낫지."

"하기야 월급을 두 배로만 올려주면, 더 이상 바랄 것이 없다고들 하지. 하하하…."

"아이고, 욕심도 참. 어찌됐건 의사는 돈이라도 벌고 교수님들은 명예라도 있는데, 우린 이것도 저것도 없잖아?"

"교수들에게 무슨 명예는. 요즘에는 게나 고동이나 다 교수라고 폼 잡고 다니는 판에. 무슨 겸임교수니, 초빙교수니, 연구교수니… 그래서 발에 채는 것이 교수라고, 그러지 않아? 명예교수나 석좌교수는 그래도 나은 편인데, 나머지는 다 명목만 교수인 셈이거든. 의사들도 돈 벌어 마누라 좋은 일만 시킨다 하고. 외과의사는 톱질하고 고름이나 짜고, 산부인과 의사는 하루 종일 여자들과 입씨름하고…."

《5》

다음 행선지는 안동 하회마을. 이유는 없었다. 그저 머릿속에 떠올라 계획표에 집어넣었을 뿐. 혼자서 먼 길을 운전하다 보니, 지루하고 피곤했다. 찬송가 테이프를 몇 번씩이나 반복하여 들은 탓에, 귀가 멍멍해질 정도였다.

'모든 것에 감사하자. 나 같은 인생이 이날까지 살아서 숨 쉴 수 있다는 사실, 푸른 나뭇잎들을 바라보며 고속도로를 달리고, 톨게이트에서 다른 사람들과 똑같이 티켓을 끊을 수 있다는 사실에 감사하자.'

이른 아침 출발하여 쉼 없이 달렸건만, 도착해보니 오후 5시가 넘어 있었다. '만나고 싶은 사람을 만나고, 가고 싶은 곳에 가보고 나서 판단하자'는 심사, 어쩌면 이것이 극단적인 선택을 연기케 해준, '이유 같지 않은 이유'였는지도 몰랐다. 주차장에 차를 세운 다음, 입장권을 끊어 천천히 걸었다. 서산으로 넘어가던 태양이 마지막 발악이라도 하듯, 등 뒤를 따갑게 비추었다.

경상북도 안동시 풍천면 하회리(河回里)에 있는, 유명한 민속마을 안동 하회마을. 류성룡 등 많은 고관들을 배출한 양반고을로, 임진왜란의 피해도 없어서 전래의 유습이 잘 보존되어 있는 곳이다. 낙동강이 마을을 휘감아 돌아가며 물돌이 모양을 이루고 있는 이곳은 풍산 류씨의 집성촌으로, 지금도 마을 주민의 70%가 류씨이다. 약 600여 년 전 류씨가 터를 잡기 전에는 허씨와 안씨가 먼저 이곳에 들어와 살고 있었다고 한다. 서애 류성룡의 임진왜란 회고기인 ≪징비록≫과 하회탈이 국보로 지정되어 있으며, 보물이 4점, 중요민속자료가 10점, 사적 1곳 등이 있고, 1984년에는 마을 전체가 중요민속자료 제122호로 지정이 되었다.

집들은 구릉을 중심으로 낮은 곳을 향하여 배치되어 있어 집의 좌향이 일정하지 않게 동서남북 각각 방향으로 앉혀져 있는 것이 특징이었다. 마을 중심부에는 풍산 류씨들의 집인 큰 기와집이 자리 잡고 있고, 원형이 잘 보존된 초가집들이 그 주위를 둘러싸고 있었다. 마을 앞쪽에 유유히 흐르는 낙동강과 멋들어지게 깎아지른 부용대, 끝없이 펼쳐진 백사장, 울창한 노송 숲이 절경을 이루고 있는 하회마을, 그곳의 고택 가운데 양진당(보물 제306호)의 사랑채는 고려 시대의 건축양식을, 안채는 조선의 건축양식을 가지고 있었다.

그런 때문인지, 이곳은 영화나 드라마의 단골 촬영지이기도 하다. 배용준이 주연한 〈스캔들〉, 〈한반도〉 등 한국의 영화사를 장식할 만한 굵직굵직한 영화들이 이곳을 배경으로 촬영이 되었다. 하회마을의 대표적인 먹을거리는 안동소주와 유명한 서원이 많아 생기게 되었다는 헛제사밥*, 안동간고등어**,

---

* 헛제삿밥: 흔히 쓰이는 고추장 대신, 간장과 함께 비벼먹는 비빔밥. 여러 가지 나물을 흰 밥 위에 놓아 비비는데, 불에 구운 고기와 전 몇 가지를 곁들이기도 한다. 밥과 음식이 부족했던 조선 시대에 유학을 공부하는 학자들이 헛(참되지 못한) 제사를 위한 음식을 준비하여 즐겼다는 설이

안동국시(칼국수보다 가늘고 부드러운 면에 고기 육수를 부어 만든 국수) 등이 있다. 머지않아 영국 여왕이 방문한다고 보도된 곳이어서 그런지, 제법 활기가 넘쳐 보였다(이후 1999년 영국 엘리자베스 여왕이 이곳을 방문했고, 2005년에는 미국 부시 대통령 역시 이곳을 방문하여 국제적인 매스컴에 오르기도 했음). 단장을 서두르는 대문채 곁에 허물어진 담들이 손질되고, 곳곳에서 페인트칠이 이루어지고 있었다.

그러나 무질서하게 자리 잡은 식당, 상점들, '민박을 하고 가라!'며 길손을 잡아끄는 호객(呼客) 행위 등은 한국 전통의 동네 이미지와는 거리가 먼, 조악한 상혼(商魂)들을 여실히 드러내고 있었다.

있다. 또 제사를 지내지 못했던 일반사람(상민)들이 헛제사를 열어 제사 음식을 즐겼다는 설도 있다.

** 간 고등어:경상북도 안동 지방에서 소금으로 염장 처리한 고등어. 안동은 내륙 지방이기 때문에 고등어를 먹기 위해서는 영덕 강구항에서 수송해 와야 했다. 여기에 꼬박 이틀이 걸리는데, 생선이 상하는 것을 막기 위해 소금으로 염장 처리를 해야 했다. 이것이 안동간고등어의 시초로, 상하기 직전에 나오는 효소와 소금이 어울려 고등어 맛을 좋게 한다. 지금은 전국적인 브랜드로 자리를 잡았을 뿐만 아니라 해외에까지 수출이 되고, 녹차 성분과 황토염을 이용한 신상품까지 나오고 있다.

'내 욕심이 지나쳤나? 마을을 감싸고 휘돌아가는 물줄기는 변함이 없고, 깎아지른 절벽 역시 세월의 무게를 묵묵히 견디고 있으련만, 얄팍하게 깎인 인간의 마음은 세월보다 더 빠르게 요동치고 있으니….'

언덕배기 그늘 아래 간이식당에 들어가 국수로 간단한 요기를 했다. 마을 고샅들을 돌아다니며 조선 시대의 양반집 구조와 서민들의 가옥을 비교해 보는 일, 건물 곳곳에 배어 있는 선조들의 멋과 지혜를 확인하는 일에서는 감탄사가 절로 나왔다. 한편 어느 유명 연예인의 생가로 알려진 집은 대문이 굳게 잠겨 있었다.

주차장에 돌아왔을 때, 주위에는 이미 땅거미가 올라와 있었다. 입구에서 멀지 않은 여관에 들었다. 2층 방에 짐을 풀어놓은 다음, 식당으로 내려왔다. 대학생 또래의 아가씨가 시중드는 모습을 보는 순간, 제자들의 얼굴이 떠올랐다.

'참! 나에게도 제자들이 있었지. 아, 어떤 교사는 박봉을 털어 사랑하는 제자의 등록금도 대준다는데, 명색이 대학교수란 작자가…'

  제자들 앞에 서기가 두려운 지금의 나는?

  '이건 어렸을 적부터 꿈꾸던, 내가 아니야.'

  교육에 대한 투철한 사명감이나 학생들에 대한 남다른 애정이 있어서 교육자가 된 것은 아니었다. 철학을 계속 공부해 보고 싶다는 지극히 개인적인 욕망이랄까, '교수'라는 직함이 갖는 부와 명예, 시간으로부터의 자유 등을 그리며 그 꿈을 꾸었는지 모른다. 그럼에도 어느 한때는 교육자로서의 치열한 사명감과 학생들을 사랑한다는 '허위의식'에 사로잡히기도 했었다. '스승의 날'에는 부끄럽지 않은 스승이 되자고, 마음속으로 수없이 다짐도 했었다. 그런데, 그런데.

  '이제는 함부로, 제자들을 사랑한다는 말을 하지 않겠다. 더더욱 스승의 도 따위를 이야기하지는 않겠다.'

자리에 누웠으나, 쉬이 잠이 올 것 같지 않았다. 트레이닝복을 걸치고 밖으로 나왔다. 휘영청 밝은 달이 자갈이 깔린 마당을 대낮처럼 밝히고 있었다.

'지금 여기가 어딘가? 내가 지금, 어디에 와 있는가? 숨 가쁘게 달려온 내 앞에 펼쳐지는 이 낯선 풍경, 인생이란 결국 이런 것인가?'

이튿날 아침. 아내와 아들 얼굴이 떠올랐다. 전화를 해 볼까 하다가 그만두었다. 여태껏 사는 동안 이렇게 오랫동안 연락을 끊은 적은 없었는데.

'혹시 아내는 나를 밥이나 축내는, 밥버러지쯤으로 여기지는 않을까?'

공중전화 박스 안에서 삐삐번호를 눌러 보았다. 집에 놔두긴 했으되, 비밀번호를 입력하면 내장된 메시지를 들을 수 있다는 사실이 그제야 깨달아진 것이다. 하지만 메시지는 텅 비어 있었다. 시동을 걸어 달리기 시작했다. 광주를 향해, 우리 집을 향해.

'그동안 내가 어디서, 무엇을 하고 있었는가? 나

홀로 어느 숲속을 헤매고 다녔단 말인가?'

사나흘의 시간이 무척 길게 느껴졌다. 아내와 아들에게 잔인한 모습을 연출한 시간들. 스스로의 정체성에 혼란이 일었다.

'과연 나는 누구인가? 조개 속살처럼 부드럽고 연하여 상처받기 쉬운 성격이라 자기진단을 해놓고 있었는데, 그게 아니란 말인가? 어느덧 단단한 껍질로 둘러싸인 그 위에 가시까지 돋아나 타인에게 상처를 주는, 그런 존재가 되었단 말인가?'

차렷 경례 구령조차 내뱉지 못했던 초등학교 시절과 부하들을 혹독하게 다루던 소대장 시절이 극명하게 대비되어 왔다. 내성적인 데다 겁이 많고 아기자기하고 울긋불긋한 색깔을 좋아하는 어린 시절의 자신은 '여성적'이라 진단했었다. 때문에 성장하는 동안, 그 '여성적'인 것이 표출될까 봐 조마조마했었다.

'중학교 시절 싸움질에 열중하거나 대학생 때 ROTC를 자원한 일, 지금은 아내가 된 선주 앞에서

'남성'임을 과시하던 일, 간혹 폭음을 하고 축구 경기를 즐긴 것 등 모두가 어쩌면 부족한 남성성(?)을 보완하기 위한 처절한 몸부림이었는지도 모른다. 그 결과, 어느새 너무 멀리 지나쳐 왔는지도 모른다. 그렇다면, 어디에서부터 잘못된 걸까? 왜 우리는 타고난 본성대로 살아가지 않으려 할까? 엄마 품속을 그리워하는 일, 왜 그걸 부끄러워하는가? 모성애에 대한 원초적인 희구가 왜 잘못된 것인가? 왜 남자들은 소리 내어 우는 일을 창피스러워하는가?'

숨 가쁘게 달려와 교회 앞에 섰을 때에는, 밤 아홉 시가 넘어 있었다.

'오늘은 금요일, 철야예배를 위한 찬양이 불러지고 있을 텐데….'

찬양과 설교 시작 사이의 그 틈새, 기도시간을 노리기로 했다. 선주 옆에 앉아 가만히 손을 잡았다. 움칫 놀란 손끝에 서서히 힘이 가해졌다. 집에 들어서는 순간, 아들 녀석이 달려와 목을 끌어안았다.

"아빠……."

"그래. 내 아들, 잘 있었어? 공부 열심히 하고?"

"예. 아빠. 근데 어디 갔다 오셨어요?"

"응? 잠깐 좀 다녀올 데가 있어서…."

안방에 들어서며 선주가 말했다.

"이상하게, 온종일 아빠만 찾아요. 처음에는 출장을 갔다고 둘러댔지요. 그런데 사흘째가 되니까 믿지 않는 눈치더라고요. 뭔가 이상한가 봐요. 그래서 아빠를 위해서 함께 기도하자고 했더니, 기도 중에 눈물을 흘리더라고요."

"왜 그랬을까?"

"요새 주변에서 부도가 나 갖고 여기저기 이사를 하거나, 부모님이 이혼하여 친척집에 맡겨지는 친구들이 있나 봐요. 그러다 보니까, 우리 집도 이상하게 되는 거 아닌가 싶어 걱정이 되나 봐요. 요새 당신 눈치가 이상하던 중에 며칠간 전화도 없으니까…."

순간, 가슴이 쩡해 왔다.

‘이 세상에 있을 동안, 내가 책임져야 할 유일한 핏줄. 내가 없어졌을 경우, 결정타를 맞을 아이. 아직까지 나를 필요로 하는 사람이 있었다니….’

　‘무작정 가출’이란 말은 애초부터 틀린 소리였는지도 모른다. 숨을 쉬고 있는 한, 삶의 굴레를 벗어난다는 건 애당초 불가능하기에.

지은이 **강성률**

작가 강성률 교수는 전남 영광에서 출생하였으며, 전남대 철학과 및 동대학원을 졸업하고 전북대학교 대학원 철학과에서 철학박사 학위를 받았다. 1988년부터 현재까지 광주교육대학교 윤리교육과 교수로 재직하는 동안 학생생활연구소장, 교육정보원장 등의 보직을 역임하였고, 사회 활동으로는 광주평화통일포럼 연구위원장, 통일부 통일교육 위원, 한국 산업인력공단 비상임이사 및 옴부즈맨 대표를 거쳐 현재는 민주평화통일자문회의 중앙상임위원 등의 활동을 이어 가고 있다. 대통령상과 교육과학기술부장관상, 풍향학술상(2회) 등을 수상하였으며, 저서로는 1996년 인문과학분야 베스트셀러에 올랐던 『2500년간의 고독과 자유』, 2009년 문화체육관광부 우수도서로 선정 된 『청소년을 위한 동양철학사』(2015년 베트남 언어로 출판, 포털 사이트 Naver에 대표적인 해설서로 전문 등재), 2010년 한국 간행물윤 리위원회가 '청소년을 위한 좋은 책'으로 선정한 『철학 스캔들』, 포털 사이트 Daum에 대표적인 해설서로 전문 등재된 『위대한 철학자들은 철학적으로 살았을까』, 2014년 한국연구재단 우수도서에 선정된 『이야기 동양철학사』 등 15권의 철학도서와 최초의 자서전적 성장소 설로서 인터넷소설 〈인터파크 도서〉에 연재되었던 『땅콩집 이야기』 (2014년 출간) 및 『땅콩집 이야기 7080』(2015년 출간, 북DB 연재소설 인기순위 1위) 등 장편소설 2권이 있다. 전남문학신인상, 국제문예 문학신인상, 미주한국 기독문학 신인상 등을 수상하며 소설가로 등단 하였고(한국문인협회 정회원), 기독 타임즈 및 영광신문에 '강성률 교수의 철학이야기'를 연재 중에 있다.